W. Frischer

Weibliche Gründer, oder freie Konkurrenz um einen Millionär

Lustspiel in 4 Akten

W. Frischer

Weibliche Gründer, oder freie Konkurrenz um einen Millionär
Lustspiel in 4 Akten

ISBN/EAN: 9783743370173

Hergestellt in Europa, USA, Kanada, Australien, Japan

Cover: Foto ©Andreas Hilbeck / pixelio.de

Manufactured and distributed by brebook publishing software (www.brebook.com)

W. Frischer

Weibliche Gründer, oder freie Konkurrenz um einen Millionär

L. W. Both's
Bühnen-Repertoir des In- und Auslandes.

№. 288.

Weibliche Gründer

oder

Freie Concurrenz um einen Millionär.

Lustspiel in 4 Akten nach dem Französischen

von

W. Frischer.

(Liebhaber-Theatern ist die Aufführung dieses Lustspiels in Gesellschafts-Kreisen gegen Ankauf eines Exemplars gestattet.)

Berlin, 1875.

Druck und Verlag von R. W. Hayn's Erben.
(C. Hayn, Hof-Buchdrucker.)

Preis: 12½ Sgr.

Personen.

Duplan, Vater, ein alter Notar.
Carbonel.
Pérugin.
Maurice Duplan.
Edgard La Sonchère.
Jules Priés, Architekt.
Céfénas.
Frau Carbonel.
Frau Pérugin.
Frau Céfénas.
Bertha, Carbonels Tochter.
Lucie, Pérugins Tochter.
Josephine, Mädchen bei Carbonels.
Ein Diener (stumm).
Ein Gärtner.
Ein Jäger, in Livrée.
Herren und **Damen.**

Zeit: Die Gegenwart. Erster Akt: In Paris, bei Carbonel. Zweiter Akt: In Paris, bei Céfénas. Dritter Akt: In Montmorency, bei Pérugin. Vierter Akt: In Courbevoie, bei Duplan, Vater.

Erster Akt.

(Saal bei Carbonel. Bürgerlich möblirt. Links ein Kamin. Rechts ein Fenster. — Seitenthüren. — Thür im Hintergrund. — In der Nähe des Kamins ein Sopha. — Ebendaselbst ein Kasten zum Holz. Ein Spieltischchen in der Mitte des Saales.)

Scene 1.
Carbonel. Frau Carbonel. Josephine. (Dann) Bertha.

(Beim Aufziehen des Vorhanges kniet Josephine vor'm Kamin und macht Feuer an. Frau Carbonel tritt auf, ordnet die Albums, Stereoskopen auf dem Tisch, auf welchem auch Zeitungen liegen. Carbonel wischt einen Armleuchter ab.)

Frau Carbonel. Nimm doch diese Zeitungen fort, Carbonel; in meinem Salon sieht es ja aus wie in einem Lesekabinet.

Carbonel. Ich versichere Dich, diese Zeitungen nehmen sich ganz prächtig auf dem Tisch aus.

Frau Carbonel. Möglich, wenn man nichts anderes hat, darauf zu legen, aber ich habe meine Albums, meine Stereoskopen, nur eine Vase mit Blumen fehlt noch.

Carbonel. Im Salon bei Frau Césénas ist auch eine.

Frau Carbonel. Zum nächsten Mittwoch werde ich eine besorgen.

Carbonel. Entschieden. (Steckt Lichte in die Leuchter.) Du hast also nun den Mittwoch zu unserm jour fix festgesetzt?

Frau Carbonel. Ja wohl.

Carbonel. Heute ist unser Debut. Die Einweihung. Glaubst Du denn, daß Jemand kommen wird?

Frau Carbonel. Natürlich. Ich schickte an unsere ganze Bekanntschaft Karten, auf denen die Worte standen: Madame Carbonel wird stets am Mittwoch im Hause zu treffen sein.

Carbonel. Weshalb schriebst Du nicht, Herr und Frau Carbonel?

Frau Carbonel. Wenn man Frau sagt, so bedeutet das auch Herr, wir sind ja doch Eins.

Carbonel. Du hast Recht.

Frau Carbonel. Nun, Josephine, wie steht's mit dem Feuer?

Josephine. Endlich brennt es, gnädige Frau! (Ab.)

Carbonel. Wir werden aber das Fenster öffnen müssen.

Frau Carbonel. Weshalb denn?

Carbonel. Weil es sonst raucht. Sobald man aber das Fenster öffnet, hört es auf, sowie man es schließt, fängt's von Neuem an. Höchst angenehm.

Frau Carbonel. Das mußt Du dem Wirth sagen.

Carbonel. Ich war schon bei ihm.

Frau Carbonel. Nun, und?

Carbonel. Er antwortete mir: Liebster Freund, Sie sind im Contract; wenn dieser zu Ende, wollen wir sehen.

Frau Carbonel. Wir haben ja aber noch einen achtjährigen Contract.

Carbonel. Bis dahin werden wir eingeräuchert wie die Schinken. (Zeigt auf den Kamin.) Siehst Du, nun fängt's an; ich will nur schnell das Fenster aufmachen. (Er thut es.)

Frau Carbonel. Es ist unerträglich.

Carbonel. Eigentlich ist es nur Mittwochs störend, denn wie der Wirth mir ganz richtig sagt, bewohnt man doch solchen Saal nicht im Winter.

Bertha (eintretend). Mama, nun bin ich fertig.

Frau Carbonel. Du hast Dein neues Kleid angezogen?

Bertha. Natürlich, weil wir heut Besuch haben.

Carbonel (bei Seite). Wie hübsch meine Tochter ist.

Bertha. Außerdem begegnete ich gestern der Henriette, die ...

Carbonel (einfallend). Wer ist Henriette?

Bertha. Frau Césénas. Sie kündigte mir ihren Besuch für heute an.

Frau Carbonel. Also die Césénas werden kommen?

Carbonel. Wie schade, daß wir nun die Vase noch nicht haben! Millionäre, die einzigen, die wir kennen.

Frau Carbonel. Weißt Du nicht, ob sie in ihrer Equipage kommen werden?

Bertha. Danach habe ich wirklich nicht gefragt.

Carbonel. Das würde Aufsehen erregen hier vor der Thür.

Bertha. Sie haben einen Jäger.

Carbonel. Ja, ein großer Mensch, ganz mit Tressen besetzt; er muß stets im Vorzimmer den Ueberzieher des Herrn halten ... Sage mal, Frauchen, wäre nicht noch so viel Zeit, daß Du die Vase besorgen könntest? (Man hört außen klingeln.)

Frau Carbonel. Still, es klingelt.

Carbonel. Schon? Es ist doch erst Mittag.

Frau Carbonel. Ich will nur schnell mein Häubchen aufsetzen.

Carbonel. Und ich meinen Rock anziehen.

Frau Carbonel. Bertha, Du wirst so lange die Honneurs machen, wir sind gleich wieder hier.

Bertha. Ja wohl, Mama!

Carbonel. Sollte es ein Herr sein, ein junger, so mußt Du sagen, er möge entschuldigen, aber Du hättest noch in der Wirthschaft einige Befehle zu ertheilen, dann kommst Du gleich uns benachrichtigen.

Bertha. Gewiß, Papa. (Herr und Frau Carbonel rechts ab.)

Scene 2.

Bertha. Duplan (Vater).

Bertha. Wer mag nur so früh kommen?

Duplan (im Hintergrund nach außen sprechend). Mich meldet man nicht erst, ich bin ein Freund vom Hause, also ohne Umstände.

Bertha. Wie, Herr Duplan, Sie sind es?

Duplan. Ich selber, ich komme direkt aus Courbevoie (stellt einen kleinen Korb, den er in der Hand trägt, auf den Tisch). Erlauben Sie, daß ich den Korb hierauf stelle, er ist ganz leicht.

Bertha. Sie haben Papa und Mama gut in Schrecken versetzt; Sie glaubten, es sei Besuch.

Duplan. Wahrhaftig? Wo sind die lieben Freunde?

Bertha. Als Papa klingeln hörte, ging er seinen schwarzen Rock anziehen.

Duplan. Wie, Carbonel macht meinetwegen solche Umstände?

Bertha. Nicht Ihretwegen. Sie wissen doch, daß heute Mittwoch ist, und von heute ab wird Papa jeden Mittwoch den schwarzen Anzug tragen.

Duplan. Weshalb gerade alle Mittwoch?

Bertha. Haben Sie denn keine Karte von Mama erhalten?

Duplan. Nein.

Bertha. Dann sind die Karten wohl vorläufig nur in der Stadt umhergeschickt.

Duplan. Ich kam, mit Ihrem Papa wegen einer wichtigen Angelegenheit zu sprechen, die auch Sie zum Theil betrifft.

Bertha. Mich?

Duplan. Wie alt sind Sie?

Bertha. Im nächsten Monat werde ich 20 Jahre alt; aber weshalb?

Duplan. Gut, gut, wir wären so ziemlich einig.

Bertha. Worin sind wir einig?

Duplan. Ich bitte Sie, ein junges Mädchen, das im nächsten Monat 20 Jahre alt wird ...

Bertha (mit niedergeschlagenen Augen). Verzeihen Sie, ich habe einige Anordnungen zu treffen. (Rechts ab.)

Scene 3.

Duplan. (Dann) Herr (und) Frau Carbonel. (Zuletzt) Josephine.

Duplan (allein). Es bedarf kaum einer Frage, ich komme sehr à propos. (Bemerkt die Eintretenden.) Ah, Carbonel! Gnädige Frau!

Frau Carbonel (grüßend). Herr Duplan.

Carbonel. Guten Tag. Sie verursachten uns keinen kleinen Schreck; wir glaubten, es sei Jemand.

Duplan. Thut mir leid, daß ich es nur bin.

Carbonel (seine Cravatte vor dem Spiegel ordnend). Sie gestatten, daß ich meine Toilette beende.

Duplan. Bitte, ganz ohne Umstände. (Geht und holt den kleinen Korb.) Die schöne Frau Carbonel erweist mir die Freundschaft, dies anzunehmen.

Frau Carbonel Was denn, wenn ich fragen darf?

Duplan. Frische Eier von meinen Hühnern.

Frau Carbonel. Sehr liebenswürdig.

Carbonel. Prächtiger Mensch, dieser Duplan, immer galant.

Duplan. Ich stehe für die Frische der Eier. Das Datum ist mit Blei auf jedem Ei verzeichnet, sobald ein Ei gelegt, passe ich auf, um es sofort zu zeichnen; hier sind drei vom 18., zwei vom 19., am 19. waren die Hühner etwas faul, holten es aber am 20. nach, da gab's fünf Eier.

Frau Carbonel. Tausend Dank; Josephine!

Josephine (erscheint im Hintergrund). Madame.

Frau Carbonel. Lege die Eier gut fort.

Duplan. Wo möglich an einen recht trockenen Ort. Den Korb werde ich mir wieder abholen.

Josephine (ab).

Carbonel. Papa Duplan, Sie wohnen noch immer in Courbevoie?

Duplan. Ja, und es gefällt mir dort ausnehmend gut. Schon seit 40 Jahren wohne ich daselbst... habe da mein Vermögen erworben... als Notar... sechs Tausend Thaler Renten.

Frau Carbonel. Was, nicht mehr?

Duplan. Es giebt wenig Veränderungen in Courbevoie und noch weniger Ehecontracte zu schließen... dort heirathet man nicht, und dennoch vermehrt sich die Einwohnerzahl auffällig.

Carbonel. Aber Sie haben Ihre kleinen Gewohnheiten, Ihr Haus, Ihre Hühner, Ihren Garten.

Duplan. Und meine Rosenzucht, die schönste der ganzen Umgegend; ich besitze 327 verschiedene Arten.

Frau Carbonel. So viel verschiedene Arten von Rosen giebt es?

Duplan. O, noch besitze ich nicht Alle, mir fehlt noch die Chromatella, die Centifolia cristata.

Carbonel (zerstreut). Wie schade!

Duplan. Zum neuen Jahr schenke ich sie mir aber... das ist mein einziger Luxus... ich verbringe meine Zeit auch meist im Gewächshaus. (Bemerkt das offene Fenster.) Lassen Sie das Fenster mit Absicht offen?

Carbonel. Ja, sonst raucht der Kamin. (Macht das Fenster zu.) Sie sollen sehen, nun wird's rauchen.

Duplan. Warum lassen Sie es sich nicht machen, wie ich; ich hatte in Courbevoie auch einen Kamin, der rauchte, und da traf ich eine kleine, sehr zweckmäßige Vorkehrung.

Frau Carbonel. Worin bestand dieselbe? (Sie macht ein Zeichen, sich zu setzen, sie setzt sich gleichfalls.)

Duplan (setzt sich auf's Sopha). Ist es nun von Eisenblech oder Zink, das weiß ich nicht genau, das ließ ich über den Kamin anbringen; dasselbe wurde vom Winde gedreht, wie eine kleine Mühle, sieht nebenbei sehr hübsch aus; ich kann stundenlang zusehen, nur, wenn es zu windig ist, purzelt es herunter, aber man kann es selber wieder aufstellen... ich will Ihnen die Adresse des Fabrikanten geben; es kostet **27** Francs.

Carbonel (setzt sich neben ihn). Das ist nicht theuer... doch Sie werden begreifen, wenn man es nicht für sich thut, so...

Frau Carbonel (sitzt von der andern Seite am Kamin). Wir sind nicht gesonnen, das Haus für den Wirth in Stand zu setzen

Carbonel. Aber, Papa Duplan, man sieht Sie fast gar nicht mehr.

Duplan. Ja, ich komme auch nur alle halbe Jahr nach Paris, meine Angelegenheiten zu ordnen; es ist nicht mehr wie früher, da ich die Hauptstadt nie betrat, ohne bei Carbonels ein Schälchen Kaffee zu trinken. Ihr Kaffee war berühmt.

Carbonel. Der liebe Carbonel! (Bei Seite.) Er hat stets die Wuth, von meinem Kaffee zu sprechen.

Duplan. Zuerst ging ich nach dem Comtoir, um der schönen Frau Carbonel meine Aufwartung zu machen, denn „schöne Frau" wurde sie von uns Allen genannt.

Frau Carbonel (geschmeichelt). Wirklich?

Duplan. Sie waren majestätisch... mit kurzen Aermeln thronten sie mitten unter allen kleinen Tassen.

Carbonel. Ganz unnöthig, uns daran zu erinnern.

Duplan. Ich leugne nicht, wir zitterten zuletzt Alle Ihretwegen.

Frau Carbonel. Schweigen Sie lieber, das ist ein schlechter Scherz.

Duplan. Papa Carbonel wußte es sehr wohl.

Carbonel. Ich?

Duplan. Zu verreisen an dem Tage, als es entdeckt wurde. Die kleinen Tassen hatten statt der bestimmten vier Stücke Zucker nur drei aufzuweisen.

Carbonel. Bitte, das war nicht der Grund. Ich mußte auf Ordnung sehen, sonst wäre es nie dahin gekommen, daß ich mich zurückziehen konnte mit 30,000 Livres Rente.

Duplan. Dreißigtausend Livres Rente; prächtig, wenn man dann nur eine Tochter hat, die schon zur Dame herangewachsen.

Frau Carbonel. Ja, Bertha ist 20 Jahre alt; da sieht man recht, daß man alt wird.

Duplan. Ganz richtig. Dieselbe Bemerkung machte ich gestern, als ich meinen Maurice betrachtete.

Herr und Frau Carbonel. Maurice?

Duplan. Meinen Sohn.

Frau Carbonel. Ja, ja, richtig, Sie haben einen Sohn, ich glaube, Sie brachten ihn einmal mit in's Café.

Duplan. Er war damals 8 Jahre alt. (Zu Frau Carbonel.) Sie ließen ihn in's Comtoir treten und würdigten ihn einer Umarmung.

Frau Carbonel. Ich entsinne mich dessen sehr gut. Was ist aus ihm geworden?

Duplan. O, er kann sich sehen lassen, ein großer Mensch von 27 Jahren, hübsch, unterrichtet, viel gereist ... ich denke daran, ihn zu verheirathen.

Carbonel Was Sie sagen!

Duplan. Ja, als ich heute Morgen Ihre Tochter sah, kam mir ein Gedanke.

Frau Carbonel (bei Seite). Mein Gott, ein Heirathsantrag.

Duplan. Sie errathen ihn nicht? (Carbonel steht auf.) Carbonel, ich werde gerade auf's Ziel losgehen.

Carbonel (dreht sich um). Da, jetzt raucht der Kamin; nun ja, das Fenster ist ja auch zu ... da muß er auch rauchen.

Duplan. Ist mir ganz gleichgiltig ... Also hören Sie ...

Josephine (erscheint im Hintergrund und meldet). Herr, Frau und Fräulein Pérugin.

Carbonel (bei Seite). Das trifft sich gut.

Duplan (bei Seite). Der Teufel mag sie holen.

Scene 4.

Die Vorigen. Herr (und) Frau Pérugin. Lucie.

Frau Carbonel (geht ihnen entgegen, sie begrüßt die Eintretenden). Ach, wie liebenswürdig von Ihnen, meine Theure. (Umarmt Lucie.) Seien Sie gegrüßt, mein liebes Kind.

Pérugin (grüßend). Gnädige Frau.

Frau Carbonel. Nehmen Sie doch Platz, Carbonel, lege noch ein wenig Holz an ... Josephine, eine Fußbank

Carbonel (legt noch Holz in den Kamin, Josephine stellt Frau Pérugin eine Fußbank hin und geht ab).

Duplan (bei Seite, setzt sich rechts nieder). Ich werde warten, bis sie wieder fort sind.

Lucie. Bertha ist wohl nicht zu Haus?

Frau Carbonel. Ja, sie ist in ihrem Zimmer, wahrscheinlich am Piano.

Lucie. Dann will ich zu ihr gehen, ich bringe ihr eine reizende, neue Composition mit... Die Reverie von Rosellen; wir wollen sie zusammen einüben.

Frau Pérugin. Geh' nur, mein Kind.

Scene 5.

Die Vorigen (ohne) Lucie.

Frau Pérugin (sitzt auf dem Sopha). Nun, empfingen Sie heut zur Einweihung Ihres jour fixe schon viel Besuch?

Carbonel (hinter dem Sopha). Sie sind die Ersten, wir sahen noch Niemand. (Bezeichnet den etwas entfernt sitzenden Duplan.) Nur Herr (ihn vorstellend) Duplan aus Courbevoie. (Er setzt sich neben seine Frau, Duplan den Rücken kehrend.)

Duplan (verneigt sich). Gnädige Frau... Mein Herr.

Frau Pérugin (leise zu Frau Carbonel, die neben ihr auf dem Sopha sitzt). Der Herr scheint sehr einfach, macht seine Besuche im Ueberzieher.

Frau Carbonel. Er ist vom Lande, will auch gleich wieder fort.

Pérugin (der sich die Augen gerieben). Mein Lieber, Ihr Kamin raucht.

Carbonel (steht auf). Ich will sogleich das Fenster öffnen. (Er thut es.) So, nun wird's nachlassen. (Er setzt sich wieder.)

Duplan. Ich muß die Herrschaften bitten, meinen Hut aufsetzen zu dürfen. (Er setzt ihn auf.)

Pérugin. Weshalb machen Sie es nicht wie ich. Mein Kamin rauchte auch so sehr.

Duplan. Haben Sie auch eine Art kleiner Mühle anbringen lassen?

Pérugin. Nein, ich ließ mir eine sogenannte Klappen=Ventilation anbringen mit fünf Röhren, bin aber sehr zufrieden damit.

Duplan. Und das kostet?

Pérugin. Alles in Allem 65 Francs.

Duplan (steht auf). Ich zahlte in Courbevoie nur 27 Francs.

Frau Carbonel. Lassen wir das. (Zu Frau Pérugin.) Wie lieb ist es von Ihnen, theure Freundin, daß Sie mich besuchen.

Frau Pérugin. Ich empfing Ihre Karte und konnte in keinem Fall Ihre freundliche Einladung unberücksichtigt lassen; wir nehmen den Montag, das ist ein ausgezeichneter Tag.

Carbonel. Doch wohl nicht ausgezeichneter, als der Mittwoch.

Frau Pérugin. O gewiß... Der Montag ist mehr in der Mode.

Pérugin. Am Montag empfangen die Minister.

Carbonel (bei Seite). Werde auch ändern — (Kurze Pause — Duplan schnaubt sich geräuschvoll die Nase.)

Frau Carbonel. Wie liebenswürdig, theure Freundin, daß Sie kamen.

Duplan (bei Seite). Das sagt sie jetzt zum dritten Mal.

Frau Pérugin. Wir nahmen einen Wagen auf Zeit, denn das Wetter ist entsetzlich.

Frau Carbonel. Entsetzlich.

Pérugin. Ja, wohl, entsetzlich!

Carbonel. Wie Sie sagen, entsetzlich.

Duplan (bei Seite). Ob der jour fix zu dergleichen Unterhaltungen bestimmt ist.

Frau Pérugin. Welch' ein Winter.

Carbonel. Abscheulich.

Pérugin. Wind, Regen, Schnee.

Carbonel. Ja, Schnee, Regen, Wind.

Duplan (bei Seite). Wie es scheint, gehen die noch so bald nicht wieder fort. (Kurze Pause, Duplan schnaubt sich.)

Frau Carbonel (leise zu ihrem Mann). Sage doch nur Etwas... Ich kann die Unterhaltung doch nicht allein tragen.

Carbonel (leise). Schon gut. (Laut.) Kennen Sie den Vorfall auf der Eisenbahn nach Rennes?

Pérugin und seine Frau. Nein.

Carbonel. Ein schreckliches Ereigniß. (Bei Seite.) Welch' ein Stoff!

Frau Pérugin. Wie viel Verwundete?

Carbonel. Niemand verwundet, es war ein Güterzug, belastet mit Butter aus der Bretagne... Die Maschine entzündete die Wagen, die Butter fing an zu brennen ... eine tief dunkle Nacht, der Zug, gleich einem Meteor, verbreitete auf dem Wege eine Fluth von Lampions.

Frau Pérugin. Das muß ein großartiger Anblick gewesen sein.

Pérugin. Aber denke man sich statt der Butter Personen.

Josephine (erscheint im Hintergrunde, meldend). Herr und Frau Césénas. (Alle stehen auf.)

Alle. Die Césénas!

Carbonel (läuft an's Fenster). Sie sind in ihrem Wagen gekommen.

Frau Carbonel. Welches Glück!

Carbonel. Ich bin entzückt. (Zu Duplan.) So nehmen Sie nur Ihren Hut ab.

Scene 6.

Die Vorigen. Herr (und) **Frau Césénas** (erscheinen im Hintergrunde).

Frau Pérugin. Da sind sie.

Frau Carbonel. Schnell, Carbonel, eine Fußbank, etwas Holz in den Kamin. (Frau Césénas entgegen.) Ach, meine Theure, wie sehr gütig von Ihnen, daß Sie mich besuchen.

Carbonel (sehr aufgeregt). Mein Herr, gnädige Frau ... haben Sie die Güte, sich niederzulassen. (Ihr einen Scheit Holz anbietend.) Eine Fußbank ... Ach, verzeihen Sie. (Giebt ihr eine Fußbank unter die Füße, legt Holz in den Kamin.)

Duplan (bei Seite). Noch mehr Besuch! Ich warte, bis Alle weg sind. (Man setzt sich.)

Frau Carbonel (zu Frau Césénas). Wie liebenswürdig, daß Sie in solchem Wetter gekommen.

Carbonel (steht hinter dem Sopha). Kann ich mit Nichts aufwarten?

Césénas. Danke recht sehr. Wahr ist es, wir haben bedauerliches Wetter.

Frau Pérugin. Sehr bedauerlich.

Pérugin. Soeben sprachen wir darüber.

Césénas. Wind, Regen, Schnee.

Carbonel. Ja, Schnee, Regen, Wind.

Duplan (bei Seite). Nun fangen Sie von vorn an.

Carbonel. Ein Glück, daß Sie Equipage haben.

Frau Césénas. Ja, ich könnte auch nicht leben ohne Fuhrwerk. Lieber wollte ich trockenes Brod essen.

Frau Carbonel. Trockenes Brod?

Frau Césénas. Man sagt so!

Carbonel. Kann mir denken, wie bei Ihnen gespeist wird, obgleich ich noch nie die Ehre hatte, in Person...

Césénas (aufstehend). Ich hoffe aber, daß Sie uns nächstens das Vergnügen machen werden.

Carbonel. Gewiß, sehr, sehr gern. (Sie verbeugen sich gegeneinander und setzen sich wieder.)

Duplan (bei Seite). Nun läßt er sich zum Essen einladen.

Frau Carbonel (bei Seite). Carbonel ist von einer Unbesonnenheit. (Zu Frau Césénas.) Was haben Sie für einen reizenden Hut auf.

Frau Césénas. Direct von Lise Duval.

Frau Pérugin. Sie hat auch den schönsten Putz.

Frau Césénas. Ist allerdings sehr theuer, aber ehe ich wo anders kaufe, äße ich lieber trockenes Brod.

Carbonel. Ich auch.

Césénas. Welch' ein Wetter. Mein Himmel, welch' ein Wetter.

Pérugin. Abscheulich! Ich bedaure alle Leute, die unter Weges sind.

Duplan (bei Seite). Ohne Regenschirm.

Carbonel (bei Seite). Die Unterhaltung wird langweilig. (Laut.) Kennen Sie den neuen Unfall auf der Eisenbahn?

Césénas. Ja, entsetzlich.

Frau Césénas. Ich bin noch ganz krank.

Césénas. Von hier aus hätte man können den Berg brennender Butter den Horizont erleuchten sehen.

Carbonel. Durch solche Ereignisse könnte einem der Aufenthalt auf dem Lande unangenehm werden.

Pérugin. Nun denken Sie aber, meine Herrschaften, wenn das nicht Butter, sondern Reisende gewesen wären.

Carbonel (bei Seite). Jetzt wird's lebhaft ... ach unser Mittwoch ist doch hübsch.

Frau Césénas. Sonderbar ... ich fühle stets einen Luftzug.

Duplan (niest und glaubt, man habe ihm zugenickt). Tausend Dank ... es ist das Fenster.

Frau Carbonel. Carbonel, liebster Freund, schließe doch das Fenster.

Carbonel (thut es). Sehr gern, ich fürchte nur, es wird dann rauchen.

Céfénas. Ihr Kamin raucht. Warum machen Sie es nicht, wie ich? Ich hatte auch einen Kamin, der rauchte ...

Josephine (meldend). Herr Edgard La Jonchère ...

Duplan (bei Seite). Hier ist entschieden eine Prozession.

Scene 7.
Die Vorigen. Edgard La Jonchère.

Carbonel (ihm entgegen). Seien Sie gegrüßt, lieber Freund!

Edgard (grüßend). Meine Damen, meine Herren!

Carbonel. Setzen Sie sich doch.

Edgard (stellt sich an den Kamin). Welch' ein Wetter.

Alle. Ja, abscheulich.

Duplan (bei Seite, steht heftig auf). Geht's noch mal los? Da komme ich lieber nachher wieder. (Laut.) Leben Sie wohl, Carbonel, meine Damen ...

Carbonel (ohne sich zu stören). Sie wollen fort? Leben Sie wohl!

Duplan (leise zu Carbonel). Darf ich Sie bitten, ohne Jemand zu stören, mir meinen Regenschirm geben zu lassen?

Carbonel (macht Pérugin ein Zeichen. Der Schirm geht von Hand zu Hand bis zu Carbonel, dieser wirft ihn hinter sich auf die Erde. Duplan nimmt ihn auf.)

Duplan. Meine Damen, meine Herren, ich habe die Ehre! (Ab.)

Carbonel (zu Edgard). Nun, junger Mann, bringen Sie nichts Neues. Sie, ein aufgeweckter junger Mann nach der neuesten Mode.

Céfénas (zu Edgard). Kommen Sie aus dem Gehölz?

Edgard. Nein. Ich machte soeben meinem Rechtsanwalt einen Besuch.

Frau Carbonel. Was, Sie haben einen Rechtsanwalt?

Edgard. Gewiß, das wußten Sie noch nicht? Schon seit einem Jahr.

Pérugin. Aber aus welchem Grunde?

Edgard. Spielereien, Neckereien, was wollen Sie ... ich bin zarter Natur, kann den Frauen nichts abschlagen.

Frau Céfénas (lachend). Wirklich nicht?

Edgard. Das heißt den hübschen Frauen. (Bei Seite.) Sie hat mir einen kleinen Seitenblick zugeworfen. (Laut.) Ich bin eine Waise. Besitze 29,000 Livres Renten.

Carbonel (steht auf). Das ist doch sehr angenehm.

Edgard (zu ihm gehend). Da ich im vergangenen Jahr 65,000 Francs ausgegeben...

Pérugin (steht auf). Potztausend.

Edgard. Haben sich die Onkels, die Burggrafen, versammelt; sie ließen mir sagen, es sei doch zu kolossal.

Carbonel. 65,000 Francs...

Edgard. Ja, ja, ich war ein wenig zu schnell. Ich versprach den Herren, von Clara zu lassen, und im nächsten Jahr nur 40...

Carbonel. Da kommen Sie ja doch nicht zu Ihrer Rechnung.

Pérugin. Wenn Sie nur 29...

Edgard. Ich werde schon ein Mittel finden.

Carbonel (bei Seite, herabgestimmt). Es ist ein loser Schelm.

Edgard. Heute war der hohe Rath versammelt; ich fand mich pünktlich ein, wollte eine Zulage erbitten; aber glauben Sie, daß die Gestrengen mir monatlich mehr als 100 Francs geben wollen. Nein, durchaus nicht. Der Präsident, ein Weinhändler en gros, antwortete mir: Junger Mann, heirathen Sie, fangen Sie ein regelmäßiges Leben an... und dann wollen wir sehen.

Carbonel. Nun sehen Sie.

Césénas. Was sagten Sie?

Edgard. Ich bat ihn um die Hand seiner Tochter... Die Versammlung verstummte. (Alle lachen.)

Carbonel (bei Seite). Er hat Geist, ist aber doch ein Schelm.

Edgard (zu Carbonel). Wissen Sie, mir kommt vor, als rauche es hier...

Carbonel. Das macht das Fenster.

Edgard. Ich hatte den Kamin in Verdacht.

Frau Césénas (bemerkt die eintretenden Damen). Ah, da kommen die jungen Damen.

Scene 8.

Die Vorigen. Bertha. Lucie. (Dann ein) Jäger. (Zuletzt) Josephine.

Bertha und Lucie (hinter'm Sopha). Henriette!

Frau Césénas (umarmt sie). Bertha, Lucie, umarmt mich!

Edgard (bei Seite, nahe am Kamin). Diese Kleinen sind hübsch, das muß man sagen. (Betrachtet Lucie.) Besonders die Braune. (Betrachtet Bertha.) Und vorzüglich die Blondine.

Bertha (zu ihrer Mutter). Weshalb ließest Du uns nicht sagen, daß Henriette gekommen.

Frau Carbonel. Ich glaubte Euch am Piano.

Lucie (ein Journal haltend). Wir waren eifrig mit dem Studium des Moden=Journals beschäftigt.

Bertha. Sieh' nur das reizende Mäntelchen.

Lucie. Schon lange gehört ein solches zu unserm Lieblingswunsch.

Bertha. Ja, wir theilen diesen Wunsch.

Frau Pérugin (nimmt das Journal). Laßt sehen.

Frau Carbonel. Das ist aber auch ganz reizend.

Frau Césénas (prüft auch). Gerade solch' ein Mäntelchen kaufte ich soeben bei Cazelin, es liegt unten im Wagen.

Frau Pérugin. Wie theuer?

Frau Césénas. 500 Francs.

Carbonel (steht am kleinen Tischchen und blättert mit Pérugin und Césénas in einem Album). Das ist ein wenig theuer.

Pérugin. Viel zu theuer.

Edgard (zu den Damen). Diese beiden Herren kommen mir vor, wie zwei Mitglieder bei meinem Justiz=Rath.

Frau Carbonel. Die Garnirung könnte man vereinfachen.

Bertha. Nein, Mama, es muß Alles genau so bleiben.

Lucie. Sonst würde es sehr verlieren.

Frau Pérugin. Ich sehe nur ein Mittel, wenn Frau Césénas die große Güte hätte, uns das Modell zu leihen.

Frau Carbonel. Wir würden es sofort abschneiden und dann selber zu Hause anfertigen.

Bertha und Lucie. Ach ja, ja, so geht's.

Frau Césénas (steht auf, ebenso wie die anderen Damen). Sehr gern. Ich will es heraufholen lassen. (Zu Césénas.) Lieber Freund, willst Du wohl Ludovic rufen.

Césénas (geht nach dem Hintergrund). Ludovic. (Ein großer Jäger in Livrée erscheint in der Thür, er hält den Ueberzieher seines Herrn unterm Arm.)

Carbonel (bewundert ihn). Ganz superb.

Frau Césénas. Bringen Sie doch den Carton, der im Wagen liegt.

Jäger. Sogleich, gnädige Frau. (Ab.)

Carbonel (zu Pérugin). Der bezahlt einen Menschen das Jahr über, nur um seinen Ueberzieher zu halten.

Césénas (zu seiner Frau). Wenn Du nun willst, theure Henriette?

Frau Carbonel. Sie wollen uns schon verlassen?

Césénas. Wir wollen noch in's Gehölz fahren, man veranstaltet dort eine kleine Partie Krikett, und wir sollen zugegen sein.

Carbonel. Krikett? Was ist das?

Edgard. Ein englisches Spiel, bei welchem man sehr leicht die Schulter ausrenken kann.

Bertha. Ich wäre neugierig, das mit anzusehen.

Lucie. Ich auch.

Frau Césénas. Nichts leichter als das; kommt mit uns, drei Plätze habe ich in unserm Wagen anzubieten. Herr Pérugin wird uns vielleicht begleiten.

Pérugin. Wenn ich nicht befürchten muß, Sie zu incomodiren.

Césénas. Nicht im Geringsten. Also abgemacht.

Bertha. Ach welches Glück. (Rufend.) Josephine, meinen Hut. (Josephine tritt ein mit Mantel und Hut und hilft Bertha beim Anziehen, die Damen gehen hin und her.)

Edgard. Ich hätte wohl Lust, das auch mit anzusehen... ich werfe mich in ein Coupé.

Carbonel. Ein Coupé für Sie allein? Weshalb nehmen Sie nicht den Omnibus?

Edgard. Bei der ersten Vakanz ernenne ich Sie zu meinem Rathgeber.

Carbonel. Ich würde sprechen wie Ihr Präsident. Heirathen Sie, junger Mann, heirathen Sie.

Lucie (nähert sich ihm). Ach ja, verheirathen Sie sich, Herr Edgard. (Bei Seite.) Da würden wir eingeladen.

Bertha (kommt nach vorn). Auch ich bitte Sie darum, Herr Edgard.

Edgard (bei Seite). Diese Kleinen verschlingen mich mit den Augen. (Laut.) Ich werde darüber nachdenken, meine Damen. (Beide mit den Augen fixirend.) Ich werde darüber nachdenken.

Césénas. Leben Sie wohl, gnädige Frau.

Carbonel. Adieu, meine theuren Freunde. Auf Wiedersehen. (Allgemeine Verbeugung. Herr und Frau Césénas, Bertha, Lucie, Pérugin und Edgard ab.)

Scene 9.

Carbonel. Frau Carbonel. Frau Pérugin. (Dann der) Jäger.

Carbonel. Wie glücklich ist diese Frau Césénas. Das ist eine Frau, von der man sagen kann, die hat's in jeder Hinsicht gut getroffen.

Frau Pérugin. Wieso?

Carbonel. Wenn ich denke, daß ihr Vater ... der Vater Durand, alle Morgen zu mir kam, Proben von Rum und Branntwein anzubieten.

Frau Pérugin. Ah so, er war Geschäftsmann?

Carbonel. Ja, er besorgte Alles und zwar zu Fuß. Er stand im Begriff, seine Tochter einem öffentlichen Taxator zu verheirathen, als Herr Césénas erschien mit seiner Million; Papa Durand war sofort für ihn eingenommen; ach ja, ein schöner Traum!

Frau Carbonel. Was meinst Du?

Carbonel. Millionär zu sein.

Frau Pérugin. Ich wünschte nicht, daß meine Tochter eine so ungleiche Ehe schließe.

Frau Carbonel. Ich eben so wenig.

Carbonel. Ja ja, aber die Millionen sind sehr verlockend.

Frau Carbonel. Ich nenne das, sein Kind verkaufen.

Carbonel. Aber sie wäre doch glücklich. (Er geht in den Hintergrund.)

Frau Pérugin. Das Glück um solchen Preis wünschte ich nicht für mein Kind.

Frau Carbonel. Ach, wir sind Mütter, wir Beide, wir verstehen einander.

Frau Pérugin. Eigentlich kam ich, Ihnen eine Mittheilung zu machen ... Ihnen als theuersten Freunden ... Es handelt sich um eine Heirath Lucies.

Carbonel (bringt den Damen Stühle und setzt sich zu Ihnen). Ach ja, bitte, erzählen Sie.

Frau Pérugin. Die ganze Sache ist noch ein Project ... es handelt sich um einen jungen Architecten, Herrn Jules Priés.

Frau Carbonel. Ich sah ihn in Ihrem Hause, sein Aeußeres ist sehr angenehm.

Frau Pérugin. Er hat guten Verdienst, und 200,000 Francs geben wir Lucie mit.

Carbonel. Gerade so viel, als Bertha von uns erhält.

Frau Pérugin. Meine Tochter scheint Herrn Jules nicht ungern zu sehen ... ich bin nicht ehrgeizig, mein einziger Wunsch ist, mein Kind glücklich zu machen.

Frau Carbonel (zu ihrem Mann). Das gilt mehr als eine Million, mein Freund.

Carbonel. Zwei Millionen sind besser, als eine.

Frau Carbonel. Wann werden die Männer aufhören, dem goldenen Kalb zu huldigen. Ich wünschte mir für Bertha auch keine glänzendere Parthie, ein guter junger Mann ... dann die 200,000 Francs.

Carbonel. Und noch ein Bischen mehr.

Jäger (erscheint im Hintergrund mit einem großen Karton). Gnädige Frau.

Carbonel (steht auf). Schon gut, das ist das Mäntelchen. (Er nimmt ihn dem Jäger aus der Hand, legt ihn auf's Tischchen, und nähert sich den Damen, leise.) Sagen Sie, muß ich Dem etwas geben?

Frau Pérugin. Ich weiß es wirklich nicht.

Frau Carbonel. Ich glaube kaum, daß das üblich ist.

Carbonel. Einem so schönen Menschen kann man nicht weniger als 5 Francs anbieten und das ist mir zu viel. (Laut zu dem Jäger.) Mein Freund, die Damen danken sehr viel Mal. (Er führt den Jäger hinaus, der grüßend abgeht.)

Frau Pérugin (steht auf). Ich gehe mit dem Karton in Ihr Zimmer und werde das Modell abschneiden; ich erwarte Sie dort.

Frau Carbonel. Ja, ich komme sogleich nach. (Frau Pérugin tritt rechts ein.)

Scene 10.

Herr (und) Frau Carbonel. (Dann) Josephine. (Später) Duplan. (Zuletzt) Frau Pérugin.

Frau Carbonel. Schon fünf Uhr; nun wird Niemand mehr kommen, jetzt kann das Feuer ausgehen.

Carbonel. Ja, das beste Mittel gegen den Rauch.

Frau Carbonel (nach dem Hintergrund rufend). Josephine, bringe den Feuerdämpfer.

Carbonel. Ich werde Wasser holen. (Er verschwindet einen Augenblick nach links.)

Josephine. Hier ist er.

Frau Carbonel. Gut, nun nimm die Feuerzange. (Sie hebt sich vorn das Kleid in die Höhe und steckt es mit Nadeln fest.)

Carbonel (tritt mit zwei Karaffen ein). Wartet, wir wollen erst ganz hinten das dicke Stück Holz ausgießen. (Alle drei gruppiren sich um den Kamin.)

Duplan (durch den Hintergrund). Ha, endlich sind sie allein. Der Besuch ist fort.

Carbonel (bei Seite). Duplan!

Frau Carbonel (bei Seite). Er wird uns seinen Antrag stellen. (Laut.) Josephine, laß' uns allein. (Josephine ab mit dem Feuerdämpfer.)

Carbonel (zu Duplan). Sie wollen wohl Ihr Körbchen abholen? Sie hätten sich nicht bemühen brauchen, ich würde es Ihnen zurückgeschickt haben.

Duplan. Das war es nicht. Indem ich nach dem Bahnhof ging...

Carbonel. Sie reisen schon wieder? Da darf ich Ihnen wohl kaum einen Stuhl anbieten?

Duplan. Ich habe nur wenig zu sagen und werde direct auf's Ziel losgehen. Ich habe einen Sohn, der sich so bald als möglich zu verheirathen wünscht... Ihre Tochter ist hübsch, wohl erzogen.

Frau Carbonel. Erlauben Sie...

Duplan. Sie sind brave Leute, alte Freunde, Sie gefallen mir.

Carbonel. Sehr schmeichelhaft, aber was das Vermögen Maurice's betrifft...

Duplan. So ist dies außerordentlich. Sie kannten meinen Bruder Etienne?

Carbonel. Sehr gut.

Duplan. Maurice ist sein Pathe... Mein Bruder, ein Bischen Einfaltspinsel, blieb Junggeselle, ging nach Italien, übernahm dort die Erdarbeiten für die Eisenbahnen, schrieb mir alle Jahr nur ein Mal: „Mir geht es gut, umarme Maurice in meinem Namen." Ich that es, weil es mir Vergnügen machte, und dachte dabei kaum mehr an seinen Brief. Nun starb er vor ungefähr sechs Monaten, indem er meinen Sohn als Erben einsetzte.

Herr und Frau Carbonel. Nun, und?

Duplan. Dieser Dummkopf hinterließ ihm nicht mehr als 50,000 Livres Renten.

Herr und Frau Carbonel. Eine Million?

Duplan. Ja, Maurice ist Millionär.

Frau Pérugin (erscheint rechts in der Thür — bei Seite). Was, sein Sohn ein Millionär? (Sie zieht sich schnell zurück und horcht.)

Carbonel. Ein Millionär, aber bitte, nehmen Sie doch wenigstens Platz... ich werde das Feuer wieder anschüren.

Frau Carbonel (bestürzt). Ja, Holz, schnell eine Fußbank. (Sie steckt schnell ihr Kleid los.)

Duplan (der sich zwischen das Ehepaar setzen muß). Bitte, es ist Alles unnöthig, ich gehe ja doch sogleich.

Weibliche Gründer oder: Freie Concurrenz um einen Millionär.

Frau Carbonel. Bester Herr Duplan, Ihr Vorschlag verwirrt, bewegt uns.

Carbonel. Aber, da wir alte, liebe Freunde sind.

Duplan. Noch aus Café Carbonel her. Aber um sich zu heirathen, müssen die jungen Leute sich kennen lernen; wo würden sie sich sehen können?

Carbonel. Ueberlegen wir.

Frau Carbonel. Ja, wo wäre es nur am besten?

Carbonel. Im Botanischen Garten.

Frau Carbonel. Nein, nein, bei Frau Céfénas. Sie ist reich, liebt unsere Bertha unendlich; ich werde sie bitten, eine kleine Gesellschaft zu geben.

Carbonel. Zu der Sie eine Einladung erhalten werden.

Duplan. Gut. Schreiben Sie mir darüber. Wo ist mein Korb?

Frau Carbonel. Wir werden uns die Freude machen, ihn persönlich nach Courbevoie zu bringen.

Duplan. Sehr gut, bis dahin leben Sie wohl.

Frau Pérugin (vortretend). Wie, Sie wollen schon wieder fort, Herr Duplan?

Duplan. Mir bleibt nur noch wenig Zeit bis zum Zug.

Frau Pérugin. Ich habe denselben Weg, wie Sie, ich begleite Sie bis zum Bahnhof.

Carbonel. Das trifft sich ja ganz vortrefflich.

Frau Pérugin. Bitte um Ihren Arm, bester Herr Duplan.

Frau Carbonel (bei Seite). Eine Million! Welch' eine Parthie für unsere Bertha.

Frau Pérugin (bei Seite). Welch' eine Parthie für Lucie. (Frau Pérugin mit Duplan ab durch den Hintergrund, begleitet von Frau und Herrn Carbonel.)

Ende des ersten Aktes.

Zweiter Akt.

(Sehr elegant eingerichteter Saal. Sophas von jeder Seite. Thüren im Hintergrunde, die geöffnet in einen anderen Saal führen. Zwischen beiden Thüren ein Kamin, auf dem ein hoher, schöner Spiegel angebracht. — Seitenthüren. Beim Aufgehen des Vorhanges das bewegte Leben eines Balles, man kommt, und geht bald in diesen, bald in jenen Saal. — Musik. Die Herren fordern die Damen zum Tanz auf, andere unterhalten sich.)

Scene 1.
Edgard. Gäste. Frau Césénas. (Dann) **Herr Césénas** (und) **Frau Carbonel.**

Edgard (sitzt rechts auf einem Sopha). Dieser Ball ist kostbar, Alles verräth einen außerordentlichen Geschmack. Diese Toilette, dieser Kopfschmuck, kolossal!

Césénas (eintretend). Nun, meine Herren, hören Sie denn nicht die Musik... Erwählen Sie die Tänzerin. (Aufforderungen. Sie gehen ab.) Unser Ball fängt an sich zu beleben, es wird reizend werden!

Frau Carbonel (tritt sehr bestürzt auf). Begreifen Sie das, Herr Maurice noch nicht hier.

Césénas. Ein wenig Geduld, beste Frau, es ist ja noch nicht 10 Uhr.

Frau Césénas. Wir erwarten noch mehr als die Hälfte der Gäste.

Frau Carbonel. Wenn er nicht käme, wenn sein Vater leidend wäre...

Césénas. Er wird kommen, beruhigen Sie sich und gehen Sie getrost wieder in den Saal...

Césénas. Was macht Bertha?

Frau Carbonel. Sie tanzt mit Herrn Jules Priés, Architekt.

Frau Césénas. Gehen Sie wieder zu ihnen. Sobald die Herren ankommen, lasse ich es Sie sofort wissen.

Frau Carbonel. Aber auch sogleich, nicht wahr? Ich lebe gar nicht mehr. (Sie geht mit Césénas in den Saal zurück.)

Scene 2.
Frau Césénas. (Dann) **Duplan** (und) **Maurice.**
(Zuletzt) **Bertha** (und) **Jules.**

Frau Césénas. Arme Frau! Sie thut Unrecht, sich zu ängstigen. Bertha sieht gerade heute Abend reizend aus, und wenn Herr Maurice nur ein wenig Geschmack hat. (Sieht ihn links eintreten mit Duplan.) Ah, da sind Sie ja, Herr Duplan.

Duplan. Gnädige Frau. (Er grüßt, desgleichen Maurice.) Gestatten Sie mir, Ihnen meinen Sohn vorzustellen.

Frau Césénas. Mein Herr. (Bei Seite.) Er sieht gut aus.

Maurice. Gnädige Frau, erlauben Sie mir, Ihnen meinen Dank abzustatten für die ehrenvolle Einladung.

Frau Césénas. Ich sollte Ihnen zürnen, daß Sie so spät kommen.

Duplan. Daran ist die Cravatte meines Sohnes Schuld.

Frau Césénas (vertraulich). Sie ist hier... sie tanzt... bleiben Sie da. (An der Thür.) Bleiben Sie hübsch da. (Sie geht in den Saal.)

Maurice (erstaunt). Wer ist da? Wer tanzt?

Duplan. Ein reizendes Mädchen. Die Tochter der schönen Frau Carbonel.

Maurice. Was geht das mich an? Ich kenne sie doch nicht.

Duplan. Nein, aber Du wirst sie kennen lernen ... sie ist ein wahrer Engel, mein Sohn, ich wollte Dir vorher nicht von sprechen, weil Du Dich sonst geweigert hättest auf den Ball zu kommen; es handelt sich um eine Zusammenkunft.

Maurice. Zusammenkunft ... Du willst mich verheirathen! Oh, Papa, was habe ich Dir gethan? Ich soll mich binden mit 27 Jahren.

Duplan. Ich will Dich nur verhindern, Dummheiten zu begehen.

Maurice. Was für Dummheiten?

Duplan. Mein Sohn, Du bist ein prächtiger Mensch, gut, großmüthig, hast studirt.

Maurice. Schmeichle nicht ... ich weiß, wo Du hinaus willst.

Duplan. Aber Du hast einen Fehler ... Du bist schwach, un=
schlüssig ... Du läßt Dich von Deiner Umgebung bestimmen ... ich
bin Dir deshalb nicht böse, denn ich bin gerade ebenso ...

Maurice. Ich, schwach? Heute Morgen erst habe ich meinen
Diener an die Luft gesetzt .. er hatte meine Stiefel angezogen.

Duplan. Ja, mit den Männern, da geht es noch ... aber mit
den Frauen.

Maurice. Ja, die Frauen sind gar so reizend.

Duplan. Gewiß sind sie reizend, einzelne waren reizend, aber
gegen sie bist Du wehrlos. Von der ersten besten Schönen, die sich
Dir bietet, bist Du eingenommen ... Du schlachtest nach Deinem
Vater ... denn früher ...

Maurice. Du übertreibst.

Duplan. Als Beweis nimm einmal Deine Reise nach Italien.
Du wolltest sechs Wochen bleiben, bliebst aber 11 Monate ... Du
solltest mir Rosen mitbringen, und Du brachtest mir nur Haarlocken mit.

Maurice. Ich gestehe, daß ich in Florenz ein wenig Zeit ver=
loren habe, aber wenn Du den Haarschmuck Barbaras gesehen hättest.

Duplan. Was geht mich Barbara an? Ihr Haarschmuck war
also schön?

Maurice. Zwei mächtige Flechten schwarz wie Ebenholz, die
bis auf die Erde hingen.

Duplan (voller Bewunderung). Verzeihung für Barbara. Aber in
Venedig, was thatest Du dort. Es war unmöglich, Dich von dort
fortzubringen!

Maurice. Wenn Du Zirsina gekannt hättest.

Duplan. Was war mit Zirsina, nun?

Maurice Welche Figur! Welche Haltung! Die Biegsamkeit
einer Schlange, die Schärfe des Marmors! Und diese Augen, halb
Sammet, halb Feuer.

Duplan (hingerissen). Oh! Oh! (Bei Seite.) Und ich mußte nie
Italien sehen. Das kommt davon, wenn man sich in Courbevoie
vergräbt.

Maurice. Sie war nur eine Blumenverkäuferin, aber sie
hatte edles Blut in sich!

Duplan. Möglich! Aber in Paris ist das Blut der Dogen
höchst selten ... und mit Deinem Charakter wirst Du mir schließlich
irgend eine Tänzerin Deiner Wahl als Schwiegertochter zuführen ..

deshalb beschäftigte ich mich damit, eine Frau für Dich zu suchen ... sie stammt zwar nicht von den Dogen ab, ich glaube auch nicht, daß Carbonel darauf Anspruch macht, aber sie stammt aus einer vortrefflichen, wenngleich bürgerlichen Familie.

Maurice. Ist sie hübsch?

Duplan. Ganz ausnehmend hübsch.

Maurice. So?

Duplan. Das macht Dich lachen, mein Sohn?

Maurice. Ein Wort — Ist sie braun oder blond?

Duplan. Entzückendes Blond.

Maurice. Das wäre etwas! Wie lange liebte ich schon keine Blondine ... seit einem Jahr schwärmte ich für die Braunen.

Duplan. Aber dies Mal ist es ernsthaft; jetzt handelt es sich nicht um Liebeleien, sondern um's Heirathen.

Maurice. Gut. Aber ich möchte sie wohl mal sehen. (Bertha walzt mit Jules über die Bühne von rechts nach links.)

Maurice (bemerkt sie). Halt, da ist Jules Priés, guten Tag. (Sieht Bertha, zu seinem Vater.) Oh, welch' reizende Person, blendende Schönheit. (Er folgt Bertha mit den Augen, bis sie verschwindet.)

Duplan. Nun, mein Freund, das war sie.

Maurice. Wahrhaftig?

Duplan. So wähle ich.

Maurice. Mache Dir mein Compliment, Du verstehst Dich noch auf hübsche Frauen.

Duplan. Das kommt von meiner Rosenzucht. (Lachend.) Ah, ah, da nahen die werthen Eltern.

Scene 3.

Maurice. Duplan. Herr (und) Frau Carbonel.
(Dann) **Bertha (und) Jules.**

Frau Carbonel (mit Eifer). Ah, Herr Duplan!

Carbonel (ebenso). Theurer Freund!

Duplan. Gnädige Frau, erlauben Sie mir, Ihnen hier Maurice vorzustellen, meinen Sohn. (Vorstellung.) Herr und Frau Carbonel. (Begrüßung.)

Frau Carbonel. Entzückt, mein Herr, Ihre werthe Bekanntschaft zu machen, oder vielmehr zu erneuern.

Maurice (erstaunt). Wie, gnädige Frau, ich hätte schon das Glück gehabt?

Duplan. Ja, ich habe Dich einmal der gnädigen Frau vorgestellt, allerdings warst Du erst 8 Jahre alt.

Carbonel. Meine Frau ließ Sie auf Ihren Schooß springen, herzte Sie.

Maurice. Da haben mich wohl Viele beneidet.

Herr und Frau Carbonel. Sie waren sehr hübsch.

Maurice (vortretend). Ich würde sehr glücklich sein, wenn Ihr Herr Gemahl uns erlauben würde, unsere alten Beziehungen wieder aufzunehmen, da wo wir stehen geblieben.

Herr und Frau Carbonel. Oh, wie sehr hübsch von Ihnen!

Frau Carbonel (leise zu ihrem Mann). Er hat Geist.

Carbonel (leise). Natürlich, für eine Million! (Zu Maurice.) Sie kommen aus Italien, junger Mann?

Maurice. Ja, mein Herr, aus Venedig.

Carbonel. Aus Venedig. Sie haben den Platz St. Marc gesehen und die Seufzerbrücke?

Maurice. Sehr häufig.

Duplan (bei Seite.) Zirsina!

Carbonel. Was hat Ihnen in Venedig am meisten gefallen?

Maurice. Das Zollamt.

Herr und Frau Carbonel. Sehr gut, sehr gut.

Maurice (leise zu Duplan.) Sie sehen recht gut aus, diese braven Leute.

Duplan (leise). Sie lachen ja über Alles, was Du sagst!

Bertha (tritt ein, geführt von Jules.) Besten Dank, mein Herr.

Maurice (bei Seite). Ja, sie ist's, entschieden nur eine Blondine.

Jules. Guten Abend, Maurice.

Maurice. Sei gegrüßt, mein Freund. (Sie drücken sich die Hände.)

Frau Carbonel. Ah, Sie kennen Herrn Jules Priés.

Maurice. Ob ich ihn kenne, gewiß. Ich verdanke ihm meine beide Ohren.

Alle. Wie! (Mehrere Herren und Damen sind eingetreten, und halten sich in der Nähe des Kamins auf. Ein Diener bringt Erfrischungen.)

Maurice (bietet Frau und Fräulein Carbonel Eis an). Mögen Sie gern Räubergeschichten hören, gnädiges Fräulein?

Bertha. O, gewiß.

Maurice. Ich schicke aber voraus, daß die meine sehr schaurig ist.

Jules. Sprich doch darüber nicht.

Carbonel. Lassen Sie nur hören.

Maurice. Es war in der Umgegend von Neapel, wir waren fünf junge Leute, unter denen sich ein Arzt ohne Praxis befand, der sich den Himmel Italiens verordnet hatte aus Gesundheitsrücksichten... wie gesagt, wir reisten zu Fuß, ein Esel trug unser Gepäck, dann eine kleine Reise=Apotheke, deren sich der Doktor bediente, um den Wein zu verfälschen, eine schöne Anzahl Flaschen Bordeaux=Wein kam in sein Bereich, von Zeit zu Zeit thaten wir ihm tüchtig Bescheid.

Carbonel. Ueber die Spitzbuben!

Frau Carbonel. So sei doch still, Carbonel!

Maurice. Als wir einst Halt machten, kam mir die Idee, mich in der Umgegend genauer umzusehen; vorzüglich waren es die Berge, die mich verlockten... ich war noch nicht 400 Schritt ent= fernt, als ich mich umzingelt, geknebelt sah... ich war mitten in eine Bande gerathen.

Bertha (erschrocken). O, mein Gott.

Carbonel (sich die Hände reibend). Jetzt wird's hübsch.

Maurice. Ich erzähle ihnen meine Geschichte... darauf schicken sie einen ihrer Leute zu meinen vier Freunden mit einem Brief folgenden Inhaltes: Wenn bis um 2 Uhr nicht 5000 Piaster am Fuße der großen Eiche della Grotto liegen, so finden Sie Ihren Freund festgebunden und ohne Ohren.

Bertha. Entsetzlich.

Herr und Frau Carbonel. Ganz abscheulich.

Duplan (ruhig). Ich kenne die Geschichte, deshalb ergreift sie mich nicht mehr.

Maurice. Damals war es Jules, der, da sie keine 5000 Piaster hatten, einen Genie=Streich machte. Er öffnete die Apotheke des Doctors, nahm eine Flasche Opium=Extract heraus, goß deren Inhalt in die Weinflaschen, dann belud er den Esel mit Wein und führte ihn unter die bewußte Eiche... ging darauf sehr schnell zurück, denn Punkt 2 Uhr... kamen die Räuber und fanden statt der 5000 Piaster den Esel; sie fluchten auf Italienisch, banden mich an den Baum und machten sich bereit, mich zu schneiden.

Bertha. Wie mußten Sie in Angst sein!

Maurice. Allerdings war ich nicht heiter... Als der Haupt= mann... ausgezeichnet durch eine große rothe Nase, mit den Vor=

beaux-Flaschen liebäugelte... er schlug vor, sie auszutrinken auf das Wohlsein meiner Ohren, bevor sie abgeschnitten würden.

Carbonel. Ich errathe.

Frau Carbonel. So schweige doch nur, Carbonel!

Bertha. Laß' doch den Herrn weiter erzählen, Papa.

Maurice. Kaum hatten sie einige Flaschen geleert, als ich sah, wie sie auf den Rasen fielen, die Augen schlossen, und einschliefen, den tiefen Schlaf der reinsten Unschuld.

Carbonel. Bravo!

Bertha. Still doch, Papa!

Maurice. Ich bin zu Ende, werthes Fräulein... eine Viertelstunde später kamen meine Freunde und führten mich im Triumph auf dem Esel davon.

Carbonel. Und die Räuber?

Maurice. Beim ersten Posten benachrichtigten wir die Polizei, die nur die kleine Mühe hatte, die Spitzbuben aufzulesen, wie man ein Bouquet Veilchen pflückt.

Frau Carbonel. Das verursachte Herzklopfen. (Man steht auf.)

Carbonel. Er erzählt wie Alexander Dumas.

Maurice. Dadurch wurde Herr Jules Priés mein bester Freund und der zweite Vater meiner Ohren.

Jules. Du bist närrisch, das hier so auf dem Ball zu erzählen.

Bertha. Ich bin noch ganz ergriffen davon. (Man hört Musik.)

Frau Carbonel. Die Musik beginnt!

Maurice (zu Bertha). Gnädiges Fräulein, der Contredance wäre wohl am geeignetsten, Sie die Schrecken meiner Geschichte vergessen zu machen.

Frau Carbonel (zu ihrem Manne). Er fordert sie auf.

Bertha. Sehr gern, mein Herr... (Zu ihrer Mutter gehend). Ach bitte, halte meinen Fächer unter der Zeit, beste Mama.

Maurice (leise zu Duplan). Sie ist entzückend.

Duplan (leise). Also, ich kann weiter gehen.

Maurice. Gewiß, ich verlasse mich auf Dich. (Er bietet Bertha den Arm.) Gnädiges Fräulein... (Maurice und Bertha treten in den Saal, gefolgt von Jules und den Gästen.)

Scene 4.
Duplan. Herr (und) Frau Carbonel.

Frau Carbonel (zu Duplan). Nun?
Carbonel. Was sagte er zu Ihnen?
Duplan. Er ist bezwungen.
Frau Carbonel. O, der reizende, junge Mann... ich muß sie tanzen sehen.
Carbonel. Ich auch. (Nimmt den Arm seiner Frau und geht ab mit ihr.) Meine Tochter wird bald ihr Milliönchen haben.
Frau Carbonel. Und ein Schloß.
Carbonel. Und einen Jäger; der muß mir meinen Ueberzieher halten. (Beide ab.)

Scene 5.
Duplan. Herr (und) Frau Pérugin. Lucie. (Später) Jules.

Duplan. Das geht ja vortrefflich, und wenn Maurice einmal verheirathet, kann ich wieder in Ruhe meine Rosen pflegen. (Herr und Frau Pérugin und Lucie erscheinen zur Linken.)
Frau Pérugin. Ah, da ist ja der verehrte Herr Duplan.
Duplan (grüßend). Gnädige Frau...
Frau Pérugin (zu ihrem Mann). Mein Freund, ich stelle Dir hier Herrn Duplan vor.
Duplan (grüßend). Mein Herr!
Frau Pérugin. Nun, Lucie, begrüßt Du nicht unsern ausgezeichneten Freund, Herrn Duplan?
Duplan (Lucie grüßend). Gnädiges Fräulein, welch' eine reizende Balltoilette.
Pérugin (bei Seite). Auch theuer genug.
Lucie (bei Seite). Ich möchte nur wissen, ob Herr Jules hier ist. (Sie geht nach hinten.)
Frau Pérugin. Sie sind heute von Courbevoie gekommen?
Duplan. Mit dem Fünf=Uhr=Zug. Ich habe im Restaurant mit meinem Sohn gespeist.
Frau Pérugin. Das war nicht recht von Ihnen, weshalb kamen Sie nicht bei uns zu Tisch?

Duplan. Zu gütig, aber das hätte ich doch mir nicht erlauben können...

Frau Pérugin. Sie hätten sich mit meinem Mann von der Rosenzucht unterhalten können; mein Mann ist großer Liebhaber.

Duplan. Wirklich, mein Herr?

Pérugin. Ich? Das heißt... ich fürchte mich vor keiner hübschen Rose. (Bei Seite.) Was hat nur meine Frau?

Frau Pérugin. Hat Herr Maurice Sie nicht begleitet?

Duplan. O, doch, er tanzt.

Frau Pérugin. Sie werden ihn uns doch vorstellen?... Mein Mann brennt, seine Bekanntschaft zu machen.

Pérugin (bei Seite, erstaunt). Ich brenne?

Duplan (sich vor Pérugin verneigend). Oh, mein Herr.

Frau Pérugin. Wir waren gestern in einer Familie, in der man nicht genug Rühmens von ihm machen konnte.

Duplan (neugierig). Was Sie sagen!

Frau Pérugin. Nein, ich sage nicht bei Wem... ich erlaubte mir nur, hinzuzufügen! Ich kenne Herrn Maurice nicht, aber ich wünsche ihm nur das Eine, daß er ein so ausgezeichneter Mann werde, wie sein Vater es ist.

Duplan (verwirrt). Oh, oh, gnädige Frau.

Frau Pérugin. Ich spreche, wie es mir um's Herz ist.

Duplan (bei Seite). Sie ist wirklich zu liebenswürdig.

Pérugin (bei Seite). Weshalb schmeichelt meine Frau diesem kleinen Rentier so gewaltig.

Lucie (bemerkt den eintretenden Jules). Ah, Herr Jules. (Sie geht ihm entgegen.)

Pérugin (bei Seite). Mein zukünftiger Schwiegersohn. (Geht mit Herzlichkeit ihm entgegen.) Guten Tag, bester Freund, sehr erfreut, Sie zu sehen.

Jules (grüßend). Herr Pérugin... gnädige Frau... verehrtes Fräulein. (Leise zu Lucie.) Wie hübsch Sie heute aussehen!

Lucie (leise). Finden Sie?

Frau Pérugin (leise zu ihrem Mann). Sei nicht gar zu entgegen= kommend zu diesem jungen Menschen.

Pérugin (erstaunt). Was willst Du damit sagen?

Frau Pérugin. Das sollst Du erfahren.

Jules (leise zu Lucie). Gnädiges Fräulein, man arrangirt sich zum Walzer... darf ich um die Ehre bitten...

Lucie. Mit Vergnügen, mein Herr. (Sie nimmt Jules' Arm.)

Duplan (zu Pérugin). Unter Männern kann man es ja ungenirt aussprechen... es zieht mich zum Büffet. (Jules, Lucie, Duplan ab.)

Scene 6.
Herr (und) Frau Pérugin.

Pérugin (zu seiner Frau). Nun, was meintest Du?

Frau Pérugin. Du wirst mich verstehen, wenn ich Dir sage, daß der Sohn dieses edlen Mannes, der uns so eben verließ, Millionär ist.

Pérugin. Was höre ich!

Frau Pérugin. Das wäre also ein Parthiechen für unser Kind.

Pérugin. Aber der Andere, der Architekt?

Frau Pérugin. Wird sich eine andere Frau suchen. Was weiter.

Pérugin. Ich wäre es zufrieden.

Frau Pérugin (sieht Frau Carbonel eintreten). Still! Kein Wort.

Scene 7.
Die Vorigen. Frau Carbonel.

Frau Carbonel (tritt höchst erfreut ein). Sie tanzen zusammen so graziös, daß sie von Jedermann bewundert werden. (Bemerkt Frau Pérugin.) Ah, meine Theure, bitte tausendmal um Verzeihung, ich sah Sie nicht.

Pérugin (grüßend). Wir kommen soeben erst. (Er rückt ihr einen Stuhl vor, die Damen setzen sich.)

Frau Carbonel (in größter Wonne). Ach, meine Freunde, Sie sehen eine Glückliche vor sich.

Pérugin. Freut mich von Herzen.

Frau Carbonel. Ihnen, unseren aufrichtigsten, besten Freunden kann und muß ich Alles sagen, ich glaube, wir werden unsere Bertha verheirathen.

Frau Pérugin. Und mit wem, wenn man fragen darf?

Frau Carbonel. Eine unverhoffte Heirath... ein Millionär... der Sohn Herrn Duplans.

Pérugin (bei Seite). Sieh, sieh!

Frau Pérugin. Meine innigsten Glückwünsche... es konnte keine erfreulichere Nachricht für mich geben.

Frau Carbonel (ihr die Hand drückend). Das wußte ich, beste Freundin. (Sie stehen auf.)

Frau Pérugin (zu ihrem Mann). Gratulire doch Madame...

Pérugin. O, gewiß, es macht mich zum Glücklichsten.

Frau Carbonel. Die jungen Leute sehen sich heute zum ersten Mal, aber gefallen einander sehr... denn mein Kind ist auch hübsch... ein wahrer Raphaëlskopf.

Frau Pérugin. Sehr wahr!

Frau Carbonel. Jetzt tanzen sie zusammen, ein Vergnügen sie zu betrachten... Sie erlauben wohl? (Sie geht in den Hintergrund, um in den Nebensaal zu sehen.)

Pérugin (sagt leise zu seiner Frau). Da nun diese Heirath so gut wie geschlossen ist, brauchen wir nicht mehr daran zu denken.

Frau Pérugin (leise). Du bist nicht gescheut: So lange der Ehekontrakt nicht unterzeichnet, kann das Band noch auseinander gehen!

Pérugin. Ohne Zweifel... aber würde uns das Segen bringen?

Frau Pérugin. Ach was, ein junger heirathsfähiger Mann gehört der ganzen Welt... er ist öffentliches Gut...

Pérugin. Das gebe ich zu... aber Du wirst uns dadurch mit unsern Freunden entzweien...

Frau Pérugin. Schweig nur... Du liebst Dein Kind nicht.

Pérugin (bei Seite). Ich erkenne meine Frau kaum wieder, sie wird ordentlich wüthend.

Frau Carbonel (nach vorn kommend). Da sind sie... sie kommen her.

Frau Pérugin (bei Seite). Herr Maurice! (Leise zu ihrem Mann.) Schicke Lucie her.

Pérugin. Das will ich schon... aber dann mische ich mich in Nichts mehr... das geht nur Dich an. (Ab.)

Scene 8.

Frau Carbonel. Frau Pérugin. Maurice. Bertha.

Maurice. Sie sind die Königin des Balles, Sie tanzen entzückend. (Er begleitet sie zum Sopha zur Linken, sie setzt sich.)

Weibliche Gründer oder: Freie Concurrenz um einen Millionär. 33

Bertha. Sie setzen mich durch Ihre Reden ordentlich in Verlegenheit.

Frau Carbonel (zu ihrer Tochter). Armes Kind... Dir ist wohl sehr heiß.

Maurice (leise zu Frau Carbonel). Schwiegermama, sie ist anbetungswürdig.

Frau Carbonel (bei Seite). Schwiegermama! (Leise zu Frau Pérugin.) Er nannte mich Schwiegermama.

Frau Pérugin (leise). Stellen Sie ihn mir doch vor

Frau Carbonel. Verzeihen Sie, daß ich das noch nicht gethan. (Vorstellend.) Herr Maurice Duplan, Frau Pérugin... unsere beste Freundin.

Maurice (grüßend). Gnädige Frau!

Frau Carbonel. Sie werden unsere Freundin sogleich lieb gewinnen, denn sie liebt ebenfalls unsere Bertha..

Frau Pérugin. Und wie sehr!

Frau Carbonel (leise). Ich lasse Sie allein mit ihm, sprechen Sie von unserm Kinde, das kann nicht schaden.

Frau Pérugin (leise). Zählen Sie ganz auf mich.

Frau Carbonel (zu Bertha). Komm mein Kind, der Papa sucht uns. (Beide ab, nachdem Frau Carbonel Zeichen des Einverständnisses mit Frau Pérugin gewechselt.)

Scene 9.

Maurice. Frau Pérugin. (Später) **Lucie.**

Frau Pérugin (bei Seite). Und Lucie kommt noch immer nicht. (Laut.) Bertha ist ein reizendes Mädchen.

Maurice. Ein herrliches Wesen! Gnädige Frau kennen sie schon lange?

Frau Pérugin. O, seit ihrer Geburt... ich empfinde daher auch eine Freundschaft für sie...

Maurice. Die sie gewiß eben so erwiedert, denn Fräulein Bertha scheint ein Herz zu haben.

Frau Pérugin. Ein Herz von Gold... Es prägt sich auch auf ihrem Gesicht aus; wenn man diese schönen Augen betrachtet mit dem schwärmerischen Ausdruck, diesen schönen und unbeweglichen Mund... so glaubt man eine Statue zu sehen.

Maurice. Eine Statue?

Frau Pérugin. Die Strenge eines schönen Sees... und dennoch ist sie heiter.

Maurice. Desto besser.

Frau Pérugin. Ja, sie lacht beständig, auch über Sachen, die durchaus nicht zum Lachen sind... vorgestern zum Beispiel fiel ihr Musiklehrer die Treppe hinab... auch da lachte sie... ist das nicht ein glücklicher Charakter?

Maurice. Gewiß. (bei Seite). Sollte sie etwas dumm sein?

Frau Pérugin. Und ferner hat sie einen Ordnungssinn. Denken Sie, es wäre ihr möglich ihr Taschengeld für ihre Toilette auszugeben... O bewahre, dieses liebe Kind, thut Alles in ihre Sparbüchse...

Maurice (bei Seite). Sie ist wohl gar geizig!

Frau Pérugin. Mit einem Wort, das Kind ist zum Anbeten.

Maurice. Sie sprechen wahr.

Frau Pérugin. Alles in der Welt würde ich darum geben, wenn meine Tochter ihr ähnlich wäre.

Maurice. Ah, gnädige Frau haben eine Tochter?

Frau Pérugin. Ja, in gleichem Alter mit Bertha, sie waren in ein und derselben Pension.

Maurice. Sehen sie sich gleich?

Frau Pérugin. Nein, verschieden wie Tag und Nacht... erstlich ist Lucie nicht hübsch... sie ist brünett.

Maurice. Aber ich versichere Sie, es giebt Brünetten...

Frau Pérugin. Sie hat ein ausdrucksvolles Gesicht, das ist aber auch Alles.

Maurice (bei Seite). Ich kann mir denken, sie ist grundhäßlich.

Lucie (auftretend). Du ließest mich rufen, Mama?

Frau Pérugin (bei Seite). Endlich. (Laut.) Ja, mein Kind.

Maurice (stößt einen Schrei der Ueberraschung aus, als er Lucie bemerkt). Ah!

Frau Pérugin (vorstellend). Meine Tochter... Herr Maurice Duplan... der Sohn eines unserer besten Freunde.

Maurice (grüßend). Mein Fräulein. (Bei Seite.) Barbara's Augen! Und sie sagte, sie sei nicht hübsch.

Lucie. Papa hat mich sehr gescholten, weil ich, indem ich mit Herrn Jules tanzte, mir mein Spitzen-Volant zerrissen.

Frau Pérugin. Das geschah Dir recht, Du giebst auf Nichts Acht.

Maurice. Das Unglück ist doch nicht sehr groß.

Frau Pérugin (sie umarmend). Du bist eine kleine Verschwenderin.
Lucie. Ich werd's nicht wieder thun, Mama.
Maurice (bei Seite). Armes Kind! Oh, wie ist sie reizend.
Lucie (den Ton wechselnd). Nun habe ich aber meinen Tänzer verloren.
Maurice (lachend). Wie herrlich! Mein Fräulein, gestatten Sie mir an seine Stelle zu treten?
Lucie. Sehr gern, nur nehmen Sie sich in Acht, treten Sie ja nicht auf mein Kleid.
Maurice (zu Frau Pérugin). Und Sie sagen, das Fräulein achte auf Nichts! Seien Sie unbesorgt, ich werde schweben so viel als möglich. (Ab mit Lucie.)

Scene 10.
Frau Pérugin. (Dann) Frau Carbonel.

Frau Pérugin (ihnen nachsehend). Ich halte ihn.
Frau Carbonel (sucht mit den Augen nach links, indem sie auftritt.) Aber wo mag er nur sein?
Frau Pérugin. Wen suchen Sie denn?
Frau Carbonel. Herr Maurice hat meine Tochter engagirt ... und nun kommt er gar nicht.
Frau Pérugin. Er ging in diesem Augenblick in den Saal.
Frau Carbonel. Nun! Haben Sie mit ihm gesprochen?
Frau Pérugin. Wenn die Musik nicht begonnen, wäre er noch hier ... Ich möchte einen kleinen Dienst von Ihnen erbitten.
Frau Carbonel. Sprechen Sie ...
Frau Pérugin. Es handelt sich um Lucies Zukunft.
Frau Carbonel. Das liebe Kind.
Frau Pérugin. Es bietet sich eine brillante Parthie für sie ... Aber was ich Ihnen sage, bleibt unter uns ... ein junger Mensch, der uns sehr gefällt.
Frau Carbonel. Herr Jules Priés ... Sie sprachen mir schon davon.
Frau Pérugin. Nein, das ist auseinander.
Frau Carbonel. Was höre ich!
Frau Pérugin. Es handelt sich jetzt um einen Ingenieur, der viermal hunderttausend Francs hat.

Frau Carbonel. Ganz prächtig für Sie.

Frau Pérugin. Ein intimer Freund von Herrn Maurice... Er thut nichts, ohne diesen zu befragen... Und Sie würden mir einen großen Beweis Ihrer Freundschaft geben, wenn Sie meine Tochter Ihrem zukünftigen Schwiegersohn gegenüber herausstrichen.

Frau Carbonel. Ich verstehe, Maurice wird es seinem Freunde mittheilen, und...

Frau Pérugin. Darauf rechne ich.

Frau Carbonel. Uebrigens brauche ich nur das auszusprechen, was ich denke; denn Lucie kann man in jeder Beziehung loben.

Frau Pérugin. Wie gütig Sie sind.

Frau Carbonel. Und wie wir einander verstehen.

Frau Pérugin. Ehe ich vergesse, der junge Mann ist etwas Künstler, es ist unnöthig ihn Lucie als gute Wirthin zu schildern, geben Sie ihr ohne Furcht einen etwas exaltirten Geschmack...

Frau Carbonel. Gut, ich werde sagen, daß sie einen wahren Abscheu vor der Nähnadel hat...

Frau Pérugin. Der Tanz ist zu Ende, ich lasse Sie allein mit Ihrem Schwiegersohn. (Ab.)

Scene 11.
Frau Carbonel. Maurice.

Frau Carbonel. Mein Schwiegersohn, wie lieblich spricht sich dies Wort aus.

Maurice (tritt von der Seite auf). Welche Anmuth, welch' ein Geist. Es ist entschieden, es leben die Brünetten Oh, Frau Carbonel.

Frau Carbonel. Ich glaubte Sie mit Bertha zusammen, Herr Maurice.

Maurice. Ich ließ sie im großen Saal mit ihrer Freundin, Fräulein Lucie.

Frau Carbonel. Also Sie kennen Lucie! Wie gefällt sie Ihnen?

Maurice (verlegen). Nun, ich...

Frau Carbonel. Ist sie nicht reizend? Oh, Sie können es dreist sagen, wir sind nicht eifersüchtig auf einander.

Maurice. Nun, ehrlich gesagt, sie ist entzückend, diese Augen, diese Haltung, ihre Conversation so heiter...

Frau Carbonel. Ja, und der Geist, sie ist ebenso begabt wie mein Kind...

Maurice. Nur ein ganz anderer Genre.

Frau Carbonel. Und, dann ist sie Künstlerin.

Maurice. Wie!

Frau Carbonel. Sie malt, sie singt, sie tanzt ... Sie kennt den ganzen Lamartine auswendig!

Maurice. Wäre es möglich!

Frau Carbonel. Und daran 200,000 Francs Aussteuer; sie liebt nur durchaus keine Wirthschaft, will nichts von der Nadel wissen.

Maurice. Nun ...

Frau Carbonel. Man dürfte ihr nicht sagen: Liebes Kind, sieh, hier fehlt ein Knopf, willst Du ihn nicht annähen? Das ja nicht.

Maurice. Dafür hat man ja auch Leute.

Frau Carbonel. Ja, dessenungeachtet wird sie doch eine ausgezeichnete kleine Frau sein.

Maurice. Glauben Sie?

Frau Carbonel. Ich bin überzeugt davon, und kann Ihnen nur Eins sagen. Hätte ich einen Sohn ... dem ich folglich meine Bertha nicht geben könnte, wünschte ich ihm keine andere Frau als Lucie, das können Sie getrost Jedem sagen, der es zu wissen wünscht.

Maurice (mit Feuer). Ich verstehe Sie sehr wohl.

Frau Carbonel (bei Seite). Er hat mich verstanden! (Die Musik wird hörbar.)

Maurice. Verzeihen Sie, aber ich höre die Musik ...

Frau Carbonel. Und Sie haben Jemand engagirt?

Maurice. So ist es, gnädige Frau.

Frau Carbonel. Gehen Sie, Herr Maurice ... Lassen Sie Ihre Tänzerin nicht warten, wie Sie vorhin gethan.

Maurice. Nein, ich eile so schnell ich's vermag. (Schnell ab.)

Scene 12.

Frau Carbonel. Pérugin.

Frau Carbonel (allein). Wie verliebt ist der. Oh, ich glaube fest, daß Bertha glücklich wird!

Pérugin (von links auftretend). Haben Sie meine Frau nicht gesehen?

Frau Carbonel. Herr Pérugin, ich habe soeben für Sie gewirkt... Ich sah Maurice... Es geht prächtig.

Pérugin. Was denn?

Frau Carbonel. Mit der Verheirathung Lucies.
Pérugin. Mit dem Architekten?
Frau Carbonel. Nein, mit dem Andern!
Pérugin (sich vergessend). Mit Herrn Maurice?
Frau Carbonel. Was?
Pérugin. Also Sie entsagen... O, wie gütig Sie sind.
Frau Carbonel (in Aufregung auf ihn zugehend). Wer spricht von Herrn Maurice? Antworten Sie.
Pérugin (sehr eingeschüchtert). Ich? Ich weiß ja nicht... Meine Frau hatte diesen Einfall... Ich habe nichts damit zu thun, mich geht die ganze Geschichte Nichts an. (Ab.)

Scene 13.

Frau Carbonel. (Dann) Carbonel.

Frau Carbonel (allein, sehr aufgeregt). Man hat mit mir gespielt, ich mußte ihrer Tochter das größte Lob ertheilen und bin wie eine Thörin in die Schlinge gegangen... Das soll sie mir bezahlen. (Bemerkt den eintretenden Carbonel.) Carbonel! Weißt Du, was hier vorgeht?
Carbonel. Nein, denn ich spielte bis jetzt Domino...
Frau Carbonel. Man will uns unsern Schwiegersohn stehlen!
Carbonel. Wer wagt es?
Frau Carbonel. Die Pérugins.
Carbonel. Das ist ja unmöglich. Unsere Freunde!
Frau Carbonel. Wenn es sich darum handelt, eine Tochter zu verheirathen, so giebt es keine Freundschaft... Das sehe ich zu spät ein.
Carbonel. Ich sagte mir schon im Stillen, es ist wunderbar, zwei Mal nach einander tanzt Maurice mit Lucie.
Frau Carbonel. Was muß ich hören!
Carbonel. Oh, das soll ihnen aber nicht so hingehen... Ich werde Pérugin aufsuchen.
Frau Carbonel. Nun, und dann?
Carbonel. Ich werde ihm sein Betragen vorhalten, werde ihn fordern, wenn es sein muß.
Frau Carbonel. Nein, bleibe hier, kein Geschrei, keinen Aufstand, das ist ein Frauenkampf... ein Duell wie in Rußland... Du würdest nichts davon verstehen. (Bemerkt Maurice, der soeben auftritt.) Maurice, lasse mich gewähren.. Sprich mir nur Alles nach.

Scene 14.
Die Vorigen. Maurice.

Maurice (bei Seite). Und dann ist ja die Verbindung noch gar nicht so weit gediehen... Ah, da sind gerade Beide. (Laut.) Mein Herr, gnädige Frau... ich bin sehr erfreut, Sie Beide allein hier zu treffen.

Carbonel (leise zu seiner Frau). Jetzt wird er sein Wort zurücknehmen.

Frau Carbonel (leise). Oh, ich bin auch noch da! (Laut.) Wir suchten Sie gleichfalls, Herr Maurice.

Maurice. Mich?

Frau Carbonel. Wir haben mit Ihnen eine sehr zarte Angelegenheit zu besprechen.

Maurice (bei Seite). Sollten sie das Band lösen wollen. (Laut.) Reden Sie, gnädige Frau...

Frau Carbonel. Ihr Freund verließ uns soeben.

Maurice (nachdenkend). Mein Freund...

Frau Carbonel. Dieser junge Architekt, der mit Aufopferung Ihnen das Leben gerettet.

Maurice. Jules. Braver Freund.

Frau Carbonel. Ich weiß nicht, ob er Sie zum Vertrauten einer Liebe gemacht hat...

Maurice. Ja, er sagte mir, er wünschte sich zu verheirathen... aber er nannte keinen Namen...

Frau Carbonel. Oh, seine Erwählte ist reizend, ich sprach ja so eben mit Ihnen viel von ihr...

Maurice. Wäre es möglich, Lucie!

Frau Carbonel. Unter uns, die Kinder lieben sich...

Maurice. Also Fräulein Lucie!

Frau Carbonel. Vertraute mir, daß sie nur glücklich sein würde in der Verbindung mit ihm.

Carbonel. (bei Seite). Das ist stark.

Frau Carbonel. Uebrigens haben die Eltern schon lange seine Besuche gestattet.

Maurice. Ich verstehe.

Frau Carbonel. Aber da es sich so in die Länge gezogen, könnten sie wortbrüchig werden, und somit ist Herr Jules fast gezwungen, noch heute seinen Antrag zu stellen.

Maurice. Das sind doch Familienangelegenheiten, und ich sehe eigentlich nicht ein, wozu...

Frau Carbonel. Oh, Sie wissen, daß Herr Jules seine Eltern nicht in Paris hat... Um diesen Antrag zu stellen, dachte er an Sie, seinen besten Freund.

Maurice. An mich? Nein, das ist unmöglich.

Frau Carbonel. Was sagen Sie?

Carbonel. Nach dem Dienst, den er Ihnen geleistet?

Maurice. Sie haben Recht... wollte ich ihm den Dienst nicht erweisen, so wäre ich undankbar. (Bei Seite.) Muth, weil er es ist, der sie liebt. (Laut.) Zählen Sie auf mich, ich geh' wieder in den Saal zurück.

Frau Carbonel. Unnöthig... hier kommt die gute Frau Pérugin.

Carbonel (bei Seite). Nun bin ich sehr neugierig auf das Folgende.

Scene 15.

Die Vorigen. Frau Pérugin.

Frau Carbonel (zu Frau Pérugin). Ah, Sie kommen gerade recht, theure Freundin. Hier, Herr Maurice wünscht Sie zu sprechen.

Frau Pérugin. Mich?

Maurice (bewegt). Ja, gnädige Frau... heute sah ich Fräulein Lucie zum ersten Mal, und den Eindruck, den sie auf mich ausgeübt hat... (Sich verbessernd) wie auf Jeden, der sie kennt, wird, so hoffe ich, den Schritt, den ich jetzt zu thun gedenke, rechtfertigen.

Frau Pérugin (bei Seite, auf Carbonels deutend). Gerade in ihrer Gegenwart, das ist fast zu grausam.

Maurice. Ich habe die Ehre, gnädige Frau, um die Hand Ihres Fräulein Tochter zu bitten.

Frau Pérugin (reicht ihm die Hand). Herr Maurice...

Maurice. Für meinen Freund Jules Priés.

Frau Pérugin (sieht Frau Carbonel an). Ah!

Carbonel (bei Seite). Gefangen.

Frau Carbonel. Ja, meine Theure, ich war es, die diesen glücklichen Gedanken gefaßt...

Carbonel. Ja, liebe Freundin, wir sind es...

Frau Pérugin (trocken). Danke sehr.

Frau Carbonel. Sie sprachen gegen uns den Wunsch aus, diese Verbindung verwirklicht zu sehen... Wenn auch ein bescheidenes, so doch ein ganz angemessenes Loos; ich hoffe, wir haben Ihren Dank verdient. (Sie grüßt und geht ab.)

Carbonel. Ja, das hoffen wir. (Er grüßt und geht ebenfalls ab.)

Scene 16.

Frau Pérugin. Maurice.

Maurice (mit Ueberwindung). Welche Antwort darf ich meinem Freund überbringen, gnädige Frau?

Frau Pérugin. Aber Sie scheinen zu leiden?

Maurice. O nein, das ist nichts, das geht vorüber... Im Saal war große Hitze.

Frau Pérugin (bei Seite). Er liebt sie. (Laut, auf einen Sessel deutend, setzt sich zur Rechten auf das Sopha.) Herr Maurice, ich will mit der größten Offenheit zu Ihnen reden... Es ist wahr, für eine kleine Zeit dachten wir an diese Verbindung... aber ich muß Ihnen gestehen, der Stand eines Architekten schmeichelte uns nur sehr wenig... Sie begreifen, der Gips, die Maurer... es schien uns wie ein Unrecht gegen unser Kind, das mit diesem Geist, dieser Grazie, dieser Erziehung Anrechte auf eine andere Verbindung hat.

Maurice. Da sprechen Sie wahr.

Frau Pérugin. Herr Jules Priés ist ein ausgezeichneter junger Mann... aber sein Geschmack ist zu einfach und bürgerlich... er würde z. B. einen vortrefflichen Mann für Bertha abgeben.

Maurice. Das wäre ein Gedanke; aber nein, da die Sache schon auf dem Punkt steht.

Frau Pérugin. Oh, bis jetzt ist noch Niemand gebunden; diese Verbindung ist bis jetzt nur noch ein Plan, wie die Ihre, nicht wahr?

Maurice. So ist es.

Frau Pérugin. Und dann, ich thue vielleicht Unrecht, Ihnen ferner zu sagen, daß Lucie, die erst diese Verbindung annahm, zwar nicht voller Wonne, so doch aber ohne Abneigung, mich versicherte... es war gleich nach Ihrem Walzer... daß sie Herrn Jules nicht heirathen würde.

Maurice. Wäre es möglich?

Frau Pérugin. Ja, sie änderte ihre Ansicht; ich weiß wirklich nicht, was sie dazu bewogen, aber das weiß ich sicher, daß weder ich noch mein Mann je den Neigungen unseres Kindes entgegen sein werden. (Sie stehen Beide auf.)

Maurice. Da thun Sie wohl daran. (Bei Seite.) Ausgezeichnete Frau! (Laut.) Also Fräulein Lucie liebt Jules nicht?

Frau Pérugin. Gott bewahre.

Maurice. O, gnädige Frau, wenn ich Ihnen sagen könnte, wie glücklich mich das macht!

Frau Pérugin (die Verwunderte spielend). In wie fern?

Maurice. O, Sie sollen Alles wissen, ich muß Sie sehen, habe nothwendig mit Ihnen zu sprechen... aber hier... mitten in dem Geräusch des Balles, und in der Lage, in der ich mich befinde, mit der Familie Carbonel... Gnädige Frau, gestatten Sie mir, Ihnen morgen einen Besuch zu machen.

Frau Pérugin. Morgen! (Sieht die Folgenden eintreten.) Still! Man kommt.

Scene 17.

Die Vorigen. Herr (und) Frau Carbonel. Jules. Bertha. Lucie. Pérugin. Duplan. Herr (und) Frau Césénas.

Césénas (zu den Gästen). Wie, Sie wollen schon fort?

Frau Césénas. Es ist ja noch so früh, erst vier Uhr.

Bertha. Ich möchte am liebsten noch bleiben.

Lucie. Ich auch.

Frau Carbonel (zu ihrer Tochter). Nein, Papa schläft schon im Stehen. Geh', hole Deinen Mantel. Herr Jules!

Jules (naht sich ihr). Gnädige Frau!

Frau Carbonel. Gehen Sie zu Frau Pérugin, ihr zu danken; sie willigt in Ihre Verbindung.

Jules. Wäre es möglich! (Zu Frau Pérugin gehend.) Ach, gnädige Frau, ich höre soeben eine Neuigkeit, die mich zum glücklichsten Menschen macht.

Frau Pérugin (leise). Sie würden mir Freude machen, wenn Sie von heute ab Ihre Besuche in unserm Hause einstellten, sowohl als Architekt, wie als Schwiegersohn.

Jules (enttäuscht). Wie? Ich, der ich hoffen durfte?

Frau Pérugin. Ich grüße Sie, mein Herr.

Jules. Ach mein Gott! (Er geht zurück.)

Frau Pérugin (leise zu Maurice nach links). Morgen gehen wir auf unser Landgut nach Montmorency; wir würden sehr erfreut sein, Sie dort begrüßen zu können.

Maurice (leise). Tausend Dank. (Sie geht nach hinten.)

Frau Carbonel (rechts, leise zu Maurice). Wir fahren morgen auf unsere Besitzung nach Ville d'Avray, und würden sehr erfreut sein, Sie dort begrüßen zu können.

Maurice (bei Seite). Teufel, das wird verwickelt... Welcher den Vorzug geben? Montmorency oder Ville d'Avray?

Duplan (geht von Carbonel zu Maurice). Liebster Sohn, es ist abgemacht, wir machen uns morgen frühzeitig auf, um in Ville d'Avray zu frühstücken.

Maurice. Morgen Aber erlaube...

Duplan. Ich habe es mit Carbonel abgemacht; wir finden Pastete und Austern.

Maurice (bei Seite). Sollte sich der Himmel für die Blonden entscheiden, weshalb hat er denn nur die Brünetten erschaffen! (Alles rüstet sich zum Abgange.)

Ende des zweiten Aktes.

Dritter Akt.

(Bei Pérugin in Montmorency. Die Bühne stellt einen Saal dar, dessen Thüren geöffnet sind, im Hintergrund sieht man auf's Feld. — Rechts und links Seitenthüren. — Zweite Coulisse rechts ein Fenster, an welchem ein Fernrohr angebracht ist. — Links ein Tisch, rechts ein Piano.)

Scene 1.
Pérugin. Frau Pérugin. Lucie.

Pérugin (durch's Fernrohr sehend). Ich sehe Niemand. Es ist unerhört.

Frau Pérugin. Das begreife ich nicht. Laß' mich einmal durchsehen. (Sie thut es.)

Lucie (sitzt am Tisch und arbeitet, bei Seite). Was haben sie nur vor? Seit fünf Tagen thun sie weiter nichts, als beständig durch das Fernrohr die Straße entlang sehen. (Laut.) Erwartet Ihr Jemand?

Pérugin. Nein, Niemand.

Frau Pérugin. Wir amüsiren uns, indem wir den Bahnzug in der Ferne betrachten.

Pérugin. Auf dem Lande unterhält dies. (Leise zu seiner Frau.) Bemerkst Du Nichts?

Frau Pérugin. Nichts.

Pérugin. Nun laß mich wieder sehen. (Er stellt sich vor das Fernrohr.)

Frau Pérugin (zu ihrem Manne). Es ist ganz unbegreiflich... Auf dem Ball bei Frau Césénas hat mir Herr Maurice doch seinen Besuch angekündigt.

Pérugin. Er wird nicht kommen... hat sich gewiß für Bertha entschieden... (Plötzlich.) Ah!

Lucie. Was giebts?

Frau Pérugin. Nichts. (Zu Pérugin.) Was ist denn los?

Pérugin. Ein Wagen.
Frau Pérugin. Nun, und?
Pérugin. Nein, es ist ein Viehwagen.
Frau Pérugin. Wie kann man sich so versehen!
Pérugin. Ich sah die Hörner des Ochsen nicht von Weitem... aber jetzt wieder eine Staubwolke, jetzt wird ein Pferd sichtbar... ein Mensch darauf.
Frau Pérugin. Ein junger?
Pérugin. Er kommt näher... er hält hier.
Frau Pérugin (lebhaft). O mein Gott! (Man hört läuten.)
Pérugin. Es läutet. Er ist es.
Frau Pérugin. Hast Du ihn erkannt?
Pérugin. Gewiß, das heißt im Staube.

Scene 2.
Die Vorigen. Edgard.

Edgard (erscheint in der Thür im Hintergrunde). Ich bin es... Ich komme Sie zu überraschen.
Pérugin. Herr Edgard!
Frau Pérugin (bei Seite). Wie langweilig.
Edgard. Ich sagte mir: Die armen Pérugins müssen sich da unten in ihrem Montmorency entsetzlich langweilen... Du willst also bei ihnen diniren.
Frau Pérugin. Zu liebenswürdig.
Edgard. Und wie befindet sich das reizende Fräulein Lucie?
Lucie. Ausnehmend gut, Herr Edgard, Dank Ihrer Nachfrage.
Edgard (bei Seite). Ich glaube mich nicht zu täuschen, wenn ich behaupte, daß sie seit meinem Eintritt Farbe bekommen. (Laut zu Pérugin.) Ich habe sogleich sehr ernsthaft mit Ihnen zu sprechen.
Pérugin. Mit mir?
Edgard. Ja wohl. (Lorgnettirt das Zimmer.) Aber hier ist es ganz reizend, hier ist kein Luxus, sondern Alles sehr einfach möblirt.
Frau Pérugin. Es sind unsere alten Möbel aus Paris.
Edgard. So zusammengeworfen, das sieht man.
Frau Pérugin (bei Seite). Höflich ist der nicht...
Edgard. Ich darf wohl kaum fragen, ob ein Pferdestall hier ist für mein Pferd?

Pérugin. Ja wohl, aber jetzt liegt mein Holzvorrath darin.

Edgard. Das könnte man auspacken. (Zu Lucie, die arbeitet.) Reizend, was Sie da machen. (Zu Pérugin.) Ich möchte auch um einige Litres Hafer bitten.

Frau Pérugin (bei Seite.) Wie, den Hafer von meinen Hühnern?

Edgard (zu Lucie). Wird das eine griechische Mütze für Papa?

Lucie. Nein, mein Herr, es wird ein Armsessel.

Edgard. Ah so! (Bei Seite.) Sie erröthet jedes Mal, wenn ich sie anrede. (Zu Pérugin.) Nun werde ich gleich ernsthaft mit Ihnen sprechen.

Lucie. Mama, mir fehlt die blaue Wolle.

Frau Pérugin. Du wirst in meinem Zimmer noch welche finden. (Lucie ab.)

Edgard (bei Seite). Ein Vorwand, um mich mit den Eltern allein zu lassen... O, es ist kolossal!

Frau Pérugin (zu ihrem Mann, leise). Vielleicht könnte er uns Nachricht über Herrn Maurice geben.

Pérugin (leise). Guter Einfall... ich werde ihn fragen. (Laut.) Dieser liebe Edgard! Ich bin wirklich sehr erfreut, Sie zu sehen, ich liebe Sie sehr!

Edgard (bei Seite). Fortschritt! Fortschritt!

Pérugin. Haben Sie lange nicht Herrn Maurice gesehen?

Edgard. O ja, vorgestern... in Ville d'Avray bei Carbonels.

Frau Pérugin. Also in Ville d'Avray?

Pérugin. Bei den Carbonels?

Edgard. Ja, er ist täglich dort... bringt schöne Bouquets mit.

Frau Pérugin (bei Seite). Schon jetzt!

Edgard. Unter uns gesagt, ich glaube, daß er es mit der Kleinen hält.

Pérugin (bei Seite). Ich wußte es.

Edgard. Daher entschied ich mich, zu Ihnen zu kommen, damit Sie es erfahren.

Frau Pérugin. Weshalb!

Edgard. Erstlich sollte mein Pferd Bewegung haben.. das Thier kostet ja 5000 Francs.

Pérugin. So viel Geld für ein Pferd haben Sie gezahlt?

Edgard. Nicht doch! Was würde mein Anwalt dazu sagen! Der Präsident behauptet, daß das Pferd eine Maschine sei, von den Engländern vervollkommnet, um den Franzosen Schaden zu bringen.

Pérugin. Na, wie machen Sie es denn?

Edgard. Ich gehe jeden Morgen zu einem Pferdehändler, kaufe ein Thier... fordere natürlich es erst zu probiren... und führe es ihm Abends mit den Worten wieder zu: Das Pferd kann mir ganz entschieden nicht zusagen, es...

Frau Pérugin. Das ist allerdings nicht theuer.

Edgard. Er kann sich auch nicht beklagen. Ich füttere doch sein Pferd.

Frau Pérugin. Mit anderer Leute Hafer.

Edgard. Wo liegt doch Ihr Pferdestall?

Pérugin. Links im Hofe. Doch Sie wollten mich sprechen.

Edgard. Ja, ich werde Sie dann gleich sprechen in wichtiger Angelegenheit.

Scene 3.

Pérugin. Frau Pérugin.

Frau Pérugin. Siehst Du, nun ist er doch in Ville d'Avray!

Pérugin. Die Carbonels tragen den Sieg davon.

Frau Pérugin. Die sind so intriguant, besonders die Frau! Was Deinen Herrn Maurice betrifft, gräme ich mich nicht, der springt von einer zur andern.

Pérugin. Ein Schelm.

Frau Pérugin. Der sollte mir wiederkommen, den wollte ich schön empfangen.

Pérugin. Ich hätte große Lust ihm die Thür vor der Nase zuzuwerfen.

Frau Pérugin. Und seinetwegen gabst Du Herrn Jules den Laufpaß, diesem reizenden Menschen.

Pérugin. Das that ich doch nicht, Du warst es. Aber ich habe Alles wieder gut gemacht; Dir wird eine Ueberraschung; er kommt wieder.

Frau Pérugin. Wer?

Pérugin. Der Architekt. Als ich sah, daß der Andere uns verließ, entschloß ich mich gestern Abend an Herrn Jules zu schreiben.

Frau Pérugin. Eine prächtige Idee.

Pérugin. Noch habe ich Nichts von einer Verbindung ange= deutet, sondern ich nahm den Vorwand, daß ich ein Häuschen im Garten entworfen wünschte. (Es läutet.) Man läutet, er ist es.

Frau Pérugin. Wenn es Maurice wäre.

Pérugin. Alle -Teufel. (Bemerkt Jules im Hintergrund.) Es ist Jules.

Scene 4.

Die Vorigen. Jules. (Dann) **Lucie.** (Später) **Edgard.**

Pérugin (zu Jules, der zögernd eintritt, eine Rolle in der Hand.) Nur näher, liebster Freund, nur näher.

Frau Pérugin (sehr liebenswürdig). Herr Jules Priès, seien Sie uns herzlich willkommen.

Jules (grüßt kalt). Gnädige Frau... mein Herr.

Pérugin. Sie haben meinen Brief erhalten, und kommen nun sogleich.

Frau Pérugin. Höchst liebenswürdig von Ihnen.

Jules. Ich leugne nicht, daß ich einen Augenblick Anstand nahm, nach der Aufnahme, die mir auf dem Ball bei Herrn Eéfénas geworden.

Frau Pérugin. Ich weiß in Wahrheit nicht mehr, was ich gesagt... ich hatte Migraine.

Pérugin. Ja, meine Caroline war leidend... sprechen wir nicht mehr davon. (Die Rolle bezeichnend.) Sie haben sich schon mit uns beschäftigt... im Betreff des Lusthäuschens?

Jules. Ja, ich habe einen kleinen Plan entworfen. (Breitet die Rolle links auf dem Tisch aus.) Ich weiß nicht, ob er Ihre Zustimmung haben wird... und besonders die der gnädigen Frau.

Frau Pérugin (leise zu ihrem Mann). Er ist noch pikirt... Schicke mir Lucie.

Pérugin. Sogleich. (Er geht einen Augenblick hinaus.)

Frau Pérugin. O, das ist reizend, aber Sie wissen, weder mein Mann, noch ich verstehe viel von diesen kleinen grauen und rothen Linien.

Jules. Ich will Sie Ihnen erklären.

Frau Pérugin. Nein, meine Tochter wird sogleich kommen... sie kennt die Zeichnungen besser, da können Sie zusammen prüfen.

Jules. Sehr gern. (Lucie und Pérugin treten ein.)

Lucie. Du ließest mich rufen, Mama?

Frau Pérugin. Ja, mein Kind.

Lucie. Ah, Herr Jules.

Jules (grüßend). Mein Fräulein

Weibliche Gründer oder: Freie Concurrenz um einen Millionär.

Lucie (bei Seite). Ich verstehe... Ihn erwarteten sie so sehnlichst.

Frau Pérugin. Sieh doch diesen Plan mal durch mit Herrn Jules... Und sage dann, was Du darüber denkst.

Lucie (sich setzend). Das ist ein türkisches Gartenhaus.

Pérugin. Für den Garten... Das sieht sie gleich so.

Lucie (zu Jules). Welchen Maaßstab haben Sie angenommen?

Jules. Zwei Millimetres auf den Meter.

Lucie. Haben Sie Ihren Circel?

Jules. Hier ist er, mein Fräulein.

Lucie. Das Dach tritt nicht genug vor.

Jules. Wir können es vorrücken; um Ihnen angenehm zu sein, ist Alles möglich.

Pérugin (leise zu seiner Frau). Sage mal, thäten wir nicht gut, diese Heirath zu beschleunigen.

Frau Pérugin. Ja, sie muß noch vor der Berthas sein.

Edgard (durch den Hintergrund eintretend). Nun habe ich ihm Hafer gegeben. Ah, Herr Priés. (Nähert sich dem Tische.) Was machen Sie denn da?

Lucie (den Circel in der Hand, messend). Stören Sie uns nicht, wir arbeiten! (Zu Jules.) Die Fenster sind auch zu klein.

Jules. Man kann sie ja vergrößern.

Edgard (bei Seite.) Ein junges Mädchen als Architekt... ganz prächtig, wenn ich später will bauen lassen. (Leise zu Pérugin.) Jetzt möchte ich ernsthaft mit Ihnen reden.

Lucie (steht auf). So, nun wollen wir in den Garten gehen, den Platz auszusuchen.

Pérugin. Gute, vortreffliche Idee.

Frau Pérugin. Ich wünschte das Gartenhaus in der Nähe des Bassins.

Edgard (bei Seite). Er hat mich gar nicht verstanden. (Leise zu Pérugin.) Ich habe mit Ihnen zu reden.

Pérugin. Ja, später, ich komme wieder. (Bei Seite.) Dieser Mensch fängt an mir langweilig zu werden. (Herr und Frau Pérugin, Lucie, Jules, Alle ab durch den Hintergrund.)

Scene 5.
Edgard. (Dann) Duplan (und) Maurice.

Edgard (allein). Mein Entschluß ist gefaßt, ich habe mich für die Brünette entschieden... erst dachte ich an die Blondine... aber da Maurice sich dort eingebürgert... er ist doch mein Freund... ich wollte ihn mir nicht verpflichten... und dann ist es mir auch ziemlich egal... ich liebe eine gerade so sehr wie die andere, ich glaube sogar, wenn es erlaubt wäre, könnte ich sie alle Beide heirathen... es ist kolossal!

Maurice (erscheint mit Duplan im Hintergrunde). Tritt ein, mein Vater.

Edgard (ihn bemerkend, bei Seite). Er! Was will er hier machen?

Maurice. Sieh da, Edgard!

Edgard. Darf man fragen, meine Herren, was uns das Vergnügen verschafft?

Maurice. Sind denn die Damen nicht hier?

Edgard. Sie sind Alle im Garten.

Maurice. Sie scheinen hier zum Hause zu gehören... wollen Sie veranlassen, daß ein Diener die Herrschaften von unserer Ankunft benachrichtige.

Edgard. Aber...

Maurice. Sie würden uns verpflichten.

Edgard. Ich gehe schon. (Bei Seite.) Was will er nur hier?

Scene 6.
Duplan. Maurice.

Duplan (plötzlich laut sprechend). Ich protestire. Dein Betragen ist unwürdig, empörend, man hat kaum einen Namen dafür.

Maurice. Beruhige Dich, Papa.

Duplan. Niemals! Ich werde bis zum letzten Athemzuge schreien... ich glaubte den Bund geschlossen, kehrte ruhig nach Courbevoie zurück... arbeitete in meinem Treibhaus, als Du mich ganz plötzlich überrumpeltest, indem Du mir sagst, die ist's nicht, es ist die Andere.

Maurice. So ist es auch.

Duplan. Einen solchen Schimpf der schönen Frau Carbonel anzuthun, es ist abscheulich!

Maurice. Erstlich liegt darin gar kein Schimpf, denn dergleichen kommt täglich vor, besonders wenn man noch nicht weiter gegangen als ich... vier bis fünf Visiten verpflichten nicht.

Duplan. Das nennst Du Visiten... nachdem Du dort drei Mal gefrühstückt und zwei Mal zu Mittag gegessen? Schmarotzer.

Maurice. Es ist keine Magenangelegenheit, sondern eine Herzenssache.

Duplan. Was hast Du dem Fräulein vorzuwerfen?

Maurice. Ich werfe ihr ja gar nichts vor. Sie ist mir nur zu blond.

Duplan. Das gefiel Dir aber doch.

Maurice. Dann fehlt ihr der Ausdruck, die Lebhaftigkeit... sie hat gar kein Blut.

Duplan. Wie, sie hat kein Blut?

Maurice. Ihre Augen sind still, ihre Stirn, ihr Mund, Alles still.

Duplan. Aber, sie hat ja auch keinen Grund, in Wuth zu gerathen.

Maurice. Nein, aber sie könnte doch wenigstens sprechen... sie kann aber nur antworten: ja, mein Herr, nein, mein Herr. Soll ich Dir's sagen, ich finde sie geradezu einfältig...

Duplan. Einfältig! Was heißt das?

Maurice. Sie macht mir den Eindruck eines schönes Salates, an dem man den Essig vergessen.

Duplan. Sie ist aber doch musikalisch.

Maurice. Darüber gar nicht zu sprechen.

Duplan. Es schien mir doch, als ob sie Clavier spielte.

Maurice. Ja, viel zu viel.

Duplan. Wie meinst Du das?

Maurice. Des Morgens von 7—9... nach dem Frühstück, von 2—4 und Abends von 8—10 Uhr... also 6 Stunden, und stets unter dem größten Beifall der ihren... immer dasselbe Stück, die Reverie von Rosellen. (Er trillert die Melodie vor sich hin.) Das mußte einen wahnsinnig machen.

Duplan. Wie thöricht Du bist, mache es wie ich, höre nicht hin. (Bei Seite.) Man schläft lieber.

Maurice. Dies Mal bin ich noch gerettet, das Andenken an Lucie war's, oh, die Brünetten. Das sind wahre Frauen! Das ist lebhaft, heiter, spricht doch.

Duplan. Mitunter schreien sie auch.

Maurice. Nicht wahr, Du willst doch nur, daß ich mich verheirathe?

Duplan. Ja.

Maurice. Es kann Dir ja gleich sein, welche ich heirathe!

Duplan. Nun ja, es ist mir wohl egal, aber...
Maurice. Du willst mich doch nicht unglücklich sehen?
Duplan. Aber was soll ich nur Frau Carbonel sagen.
Maurice. Nichts, gar nichts! Es ist schon Alles geschehen.
Duplan. Was?
Maurice. Ich schrieb ihr einen reizenden kleinen Brief... in welchem ich ihr anzeigte, daß eine unvorhergesehene Angelegenheit mich verpflichtet, einige Zeit die Besuche in ihrem Hause einzustellen... ich sprach von einer Reise.
Duplan. Sie wird Deine Rückkehr erwarten.
Maurice. Ich denke, sie wird durch die Zeilen lesen; ja, so etwas passirt in der Welt.
Duplan. Ich brauche ihr also nichts, gar nichts mehr zu sagen?
Maurice. Durchaus nichts.
Duplan (melancholisch). Wer mir vor 25 Jahren gesagt hätte, daß ich je der schönen Frau einen solchen Kummer bereiten würde. (Sich betrübend.) Ich sehe sie noch in kurzen Aermeln, mitten unter den kleinen Zuckernäpfchen.
Maurice. Papa, denke daran nicht mehr.
Duplan. Maurice, wenn Du das Fräulein wiedersehen würdest?
Maurice. Ich erkläre Dir ganz offen, ich heirathe Lucie... oder bleibe für immer ledig!
Duplan. Ledig? Unglückskind.

Scene 7.

Die Vorigen. (Dann) Herr (und) Frau Pérugin. Lucie.
(Herr und Frau Pérugin kommen ganz außer Athem an.)

Frau Pérugin (athemlos). Ah, meine Herren, soeben zeigte man uns Ihre Ankunft an.
Pérugin (athemlos). Und wir befanden uns ganz hinten im Garten.
Frau Pérugin. Sind ungeheuer gelaufen.
Pérugin. Wie ist Ihr werthes Befinden?
Duplan. Sehr gut. Doch Sie hätten nicht so eilen sollen...
Frau Pérugin Herr Maurice... wir zweifelten schon, das Vergnügen Ihres Besuches zu haben.

Maurice. Ich wollte nicht gern allein kommen, und mein Papa befand sich seit einigen Tagen nicht recht wohl.

Duplan. Ich?

Pérugin. Armer Freund.

Frau Pérugin. Was hatten Sie nur?

Duplan. Ich weiß nicht recht.

Maurice. Nichts Besorgnißerregendes, ein wenig Rheumatismus.

Duplan (leise zu Maurice). So schweige doch.

Frau Pérugin (leise zu ihrem Mann). Schnell, schicke mir Lucie her!

Pérugin (leise, indem er sich umwendet). Da ist sie.

Lucie (tritt ein, ein Bouquet in der Hand). Ah, meine Herren, welche reizende Ueberraschung!

Maurice (grüßend). Mein Fräulein! (Leise zu seinem Vater.) Sieh sie doch nur an.

Duplan (der sich die Nase schnaubte). Laß mich doch in Ruhe schnauben.

Maurice. Sie haben die Blumen wohl sehr gern?

Lucie. Ja, Blumen gehen mir über Alles, besonders diese hier. (Bei Seite.) Jules hat sie mir gepflückt.

Maurice (galant). Es wundert mich nicht, daß Sie die Blumen lieben, denn Sie selber...

Lucie. Bitte, geben Sie sich keine Mühe, wir sind hier auf dem Lande.

Maurice. Nun, und?

Lucie. Sie wollten doch so eben einen Vergleich anstellen zwischen meinem Bouquet und meiner Person.

Maurice (etwas verwirrt). Aber, mein Fräulein, hier macht sich der Vergleich ganz von selbst.

Lucie. Dann aber bitte beeilen Sie sich.

Duplan (bei Seite). Sie macht sich lustig über ihn. (Zu Maurice.) Nun schnell, mache Deinen Vergleich. (Zu den Andern.) Wir wollen uns setzen.

Maurice. Nein, mein Fräulein, ich gebe meinem Vater das Wort... er ist einer der ausgezeichnetsten Blumenkenner.

Lucie (ihm nachmachend). Aber in seiner ganzen Sammlung hat er doch keine Blume, die dem Glanz Ihrer Augen, der Frische Ihres Teints gleich kommt ꝛc. ꝛc. (Sie lacht.)

Frau Pérugin. Das Mädchen ist närrisch.

Maurice (bei Seite). Na, die spricht doch wenigstens. (Schnell zu Duplan.) Papa nun stelle den Antrag.

Duplan (leise). Wie! Jetzt gleich?

Maurice (leise zu Frau Pérugin). Gnädige Frau, mein Papa bittet um einen Augenblick Gehör.

Duplan. Denke nach mein Sohn.

Frau Pérugin. Lucie.

Lucie. Mama?

Frau Pérugin. Geh, begleite Herrn Maurice in den Speisesaal.

Duplan. Ja eine Stärkung thut ihm noth.

Lucie (bezeichnet die Thür rechts, zu Maurice). Bitte, mein Herr.

Maurice (leise zu seinem Vater). Aber recht schnell, Papa... sonst bleibe ich Junggeselle. (Zu Lucie.) Mein Fräulein...

Duplan (bei Seite). Der glüht wieder... man merkt, daß er in Italien gewesen. (Lucie, Maurice rechts ab.)

Scene 8.

Pérugin. Frau Pérugin. Duplan. (Zuletzt) **Jules.**

Pérugin. Darf ich Ihnen ein Gläschen Wein oder Bier anbieten?

Duplan. Danke sehr, zwischen den Mahlzeiten genieße ich nie etwas. (Bei Seite.) Er verwirrt mich durch seine Fragen... ich weiß nicht wie beginnen. (Laut.) Ihr Fräulein Tochter ist ein reizendes Wesen.

Pérugin. Ich bin darum nicht stolz, aber wahr ist es, Jedermann sagt es mir, ein echter Murillokopf.

Frau Pérugin. Und dabei noch ein wahres Kind.

Duplan. Wie alt ist sie denn?

Pérugin. Bald 20 Jahr alt.

Duplan. Gerade das richtige Alter, um an ihre Zukunft zu denken. (Bei Seite.) Jetzt hab ich's. (Laut.) Wenn es in Ihrer Absicht läge, sie zu verheirathen... so könnte ich Ihnen vielleicht einen Vorschlag machen.

Jules (durch den Hintergrund eintretend). Soeben habe ich Alles abgesteckt, morgen können die Arbeiten beginnen. Ah, Herr Duplan. (Er drückt ihm die Hand.)

Pérugin (bei Seite). Der Architekt.

Frau Pérugin (leise zu ihrem Mann). Wenn Maurice ihn sieht, ist alles verloren.

Pérugin (leise). Wir müssen ihn verstecken, warte nur (Laut zu Jules.) Mein Freund, ich habe mir's überlegt, statt eines gewöhnlichen Gartenhauses möchte ich eins in chinesischem Styl.

Jules. Das stößt ja meinen ganzen Plan um.

Pérugin. Treten Sie in mein Kabinet. Niemand wird Sie stören. (Er drängt ihn links hinein.)

Jules. Ein chinesisches Häuschen.

Pérugin. Ja, mit Glöckchen. (Jules ab.) Das war gelungen.

Frau Pérugin (leise). Sehr gut. (Laut.) Wovon sprachen wir doch, als der junge Mann eintrat?

Duplan Wir sprachen vom Heirathen, und ich dachte an eine Parthie für Fräulein Lucie.

Frau Pérugin. Eine Parthie?

Duplan. Ach was, gerade heraus, es handelt sich um Maurice. Er sah Ihr Fräulein Tochter, sie gefiel ihm, und somit habe ich die Ehre, Sie um die Hand Ihres Fräulein Tochter zu bitten.

Pérugin (außer sich vor Freude). Ah!

Frau Pérugin (leise). Ruhe!

Duplan. Das Vermögen Maurice...

Frau Pérugin (ihn unterbrechend). Wir wollen es nicht wissen.

Pérugin. Ganz unnöthig.

Duplan. Ah! (Bei Seite.) Was sind das für Menschen.

Frau Pérugin. Bester Herr Duplan, Ihr Antrag schmeichelt uns.

Pérugin. Ebenso wie er uns ehrt... und ich kann Ihnen aus vollem Herzen sagen...

Frau Pérugin (leise zu ihrem Mann). Nicht so schnell. (Laut zu Duplan.) Wir möchten Sie um einige Augenblicke ersuchen, ehe wir Sie mit unserer Antwort bekannt machen.

Pérugin (erstaunt, bei Seite). Sieh, sieh!

Frau Pérugin. Ich muß erst mit meinem Manne sprechen... er ist doch der Herr hier.

Pérugin (sich in die Brust werfend). Das ist richtig.

Frau Pérugin. Auch muß ich mein Kind befragen... Denn um Nichts in der Welt möchte ich über die Neigung meines Kindes bestimmen.

Duplan. Das ist auch in der Ordnung... dort ist das Fräulein, darf ich sie herschicken?

Pérugin. Zu gütig.

Duplan (bei Seite, nahe der Thür). Was wird die schöne Frau Carbonel dazu sagen? (Rechts ab.)

Scene 9.
Frau Pérugin. Pérugin. (Dann) Lucie.

Frau Pérugin (mit bewegter Stimme, trocknet sich die Augen). Theophil!
Pérugin. Caroline!
Frau Pérugin (in Extase). Umarme mich. (Sie stürzen einander in die Arme.)
Lucie (von rechts auftretend). Was, Papa und Mama zärtlich umschlungen?
Frau Pérugin (bewegt). Ja, mein Kind. Du siehst uns sehr glücklich.
Pérugin. Ein großes Glück begegnet uns.
Lucie. Was denn?
Frau Pérugin. Man hat soeben um Deine Hand angehalten.
Lucie (freudig). Wirklich?
Frau Pérugin. Wir wollen Dich aber nicht bestimmen. Du bist frei.
Lucie (sie umarmend). Ach, Mama, Papa!
Pérugin. Du erräthst wer?
Lucie. Ich glaube ja... Herr Jules.
Frau Pérugin. Ach was, hier handelt es sich nicht um Herrn Jules... nein, Herr Maurice ist es...
Lucie. Den will ich aber nicht!
Pérugin. Was höre ich!
Frau Pérugin. Weshalb nicht?
Lucie. Ich weiß nichts dagegen zu sagen, als daß ich bereits den Andern liebe und ihm treu bleiben werde.
Pérugin. Aber er hat eine Million, Unglückliche... Eine Million Mitgift!
Lucie. Mir ganz gleichgiltig... Wenn sich nun Einer fände, der zwei Millionen besäße, so müßte ich wieder tauschen... nein, so will ich nicht mit meinem Herzen spielen.
Pérugin. Geh, rebellische Tochter!
Frau Pérugin. Die Pflicht eines jungen Mädchens ist, ihren Eltern zu gehorchen. Herr Maurice Duplan hat uns die Ehre erzeigt, um Deine Hand zu bitten, wir haben sie ihm zugesagt, und — (sieht Maurice eintreten.) Da ist er... lächle!... (Sie geht in den Hintergrund.)
Lucie (bei Seite). Und ich heirathe ihn doch nicht.

Scene 10.
Die Vorigen. Duplan. Maurice.

Duplan (leise zu Frau Pérugin). Nun, welche Antwort?
Frau Pérugin (leise). Sie willigt ein, mit Freuden.
Duplan (leise zu Maurice). Sie willigt ein, mit Freuden.
Maurice. O, gnädige Frau, tausend Dank. (Zu Lucie.) Mein Fräulein, ich kann Ihnen nicht sagen, wie sehr glücklich es mich macht.
Lucie (entfernt sich). Sie verzeihen, ich habe zu arbeiten. (Sie setzt sich an den Tisch und nimmt eine Stickerei vor.)
Maurice (bei Seite). Was hat sie nur? (Er folgt ihr.) Würden Sie mir gestatten, Ihnen Gesellschaft zu leisten... vorausgesetzt, daß es Ihnen nicht unangenehm. (Er setzt sich zu ihr.)
Duplan (zu Pérugin, leise). Sehen Sie, nun gehts los.
Maurice (zu Lucie). Diese Arbeit scheint Sie sehr in Anspruch zu nehmen?
Lucie. Ja wohl, mein Herr.
Maurice. Ist sie zu einem Geburtstag bestimmt?
Lucie. Nein, mein Herr.
Maurice. Ein reizendes Muster! Nicht wahr, zu einem Fauteuil?
Lucie. Ja, mein Herr.
Maurice. Einem Schaukelstuhl?
Lucie. Nein, mein Herr!
Maurice (bei Seite). Ja, mein Herr... nein, mein Herr... Sollte sie wie die Andere sein?
Frau Pérugin (leise zu ihrem Mann). Lucie spielt die Stumme.
Pérugin (leise). Suche sie an's Clavier zu bringen.
Frau Pérugin (zu Duplan). Ist Herr Maurice musikalisch?
Duplan. Wie Rossini.
Frau Pérugin. Lucie.
Lucie. Mama?
Frau Pérugin. Spiele uns etwas auf dem Piano.
Lucie (steht auf und geht an's Piano). Sehr gern...
Maurice (bei Seite). Sanft wie ein Schäfchen.
Pérugin (zu Maurice). Sie hat ein ganz hübsches Talent... Sie werden sehen. (Alle setzen sich. Lucie präludirt und beginnt die Reverie von Rosellen zu spielen.)
Frau Pérugin. Die Reverie von Rosellen.

Maurice (erregt). O, ich kenne sie.
Duplan. Man kann sich' nicht satt daran hören. (Man hört außen läuten.)
Pérugin. Besuch! (Er steht auf und geht an's Fenster.)
Frau Pérugin. Wie langweilig!
Pérugin (kommt ganz aufgeregt wieder vor). Die Familie Carbonel! (Zu Lucie, die immer weiter spielt.) Schweige doch nur, spiele nicht mehr. Die Carbonels! (Lucie hört auf zu spielen, alle stehen auf.)
Maurice. Teufel noch mal.
Duplan. Alle Wetter!
Frau Pérugin. Wenn sie Sie hier finden.
Maurice. Sie glauben mich auf Reisen!
Duplan. Wir möchten ihnen nicht gern begegnen. Könnten Sie uns nicht irgendwo verbergen? (Er will nach links gehen.)
Frau Pérugin (lebhaft). Nein, nicht dadurch.
Pérugin (bei Seite). Da ist der Architekt.
Frau Pérugin (nach rechts zeigend). Hier... durch den Eßsaal.
Pérugin (begleitet sie bis zur Thür). Seien Sie ganz ruhig, wir werden sie bald verabschieden. (Duplan und Maurice rechts ab.)

Scene 11.

Pérugin. Frau Pérugin. Lucie. Carbonel. Frau Carbonel. Bertha. (Dann) Jules. (Zuletzt) Edgard. (Die Familie Carbonel erscheint.)

Pérugin. Da sind sie.
Frau Pérugin (leise). Kaltes Blut. (Zu Frau Carbonel.) Ah, theure Freundin, welch' herrliche Ueberraschung.
Frau Carbonel. Sie erwarteten unseren Besuch wohl nicht, meine Liebe?
Frau Perugin. Nicht, und dennoch hatte ich so eine Ahnung. Ich sprach noch heute Morgen mit Pérugin von Ihnen.
Pérugin. Ja wohl... wir sagten uns... sollten denn diese guten Carbonels uns nicht einmal mit ihrem Besuch erfreuen.
Carbonel. Und nun sind wir schon da.
Pérugin. Theurer Freund! (Sie drücken sich die Hände.)
Lucie (leise zu Bertha). Ich muß mit Dir sprechen.
Bertha (leise). Ich auch.

Lucie (leise). Ueber sehr ernste Sachen.

Bertha. Ich auch. Wir wollen in den Garten gehen.

Lucie. Mama, ich möchte wohl für Bertha ein Bouquet schneiden.

Frau Pérugin. Gewiß... geht lieben Kinder. (Sie sowohl als Pérugin gehen in den Hintergrund. Bertha, Lucie ab.)

Carbonel (leise zu seiner Frau). Wir haben uns geirrt, ich sehe Niemand.

Frau Carbonel. Ich hörte ein Pferd im Stalle wiehern, Maurice ist hier.

Carbonel. Ich habe in alle Ecken geguckt.

Frau Pérugin (bittet Frau Carbonel sich zu setzen). Setzen Sie sich doch, theure Freundin. Nehmen Sie doch einen Stuhl, Herr Carbonel.

Carbonel. Danke sehr, ich mag lieber umhergehen. (Er guckt im Zimmer umher und horcht an allen Thüren.)

Frau Carbonel (zu Frau Pérugin). Haben Sie Herrn Maurice lange nicht gesehen?

Frau Pérugin (sich setzend). Welchen Maurice?

Frau Carbonel. Herrn Maurice Duplan.

Frau Pérugin. Ah, diesen jungen Mann... nein... nicht seit dem Ball.

Frau Carbonel (bei Seite). Sie hat ihn gesehen.

Frau Pérugin. Ich weiß nicht, wer uns sagte, er sei auf Reisen...

Pérugin. Ja, nach der Dauphiné.

Carbonel (welcher auf dem Piano den Stock und den Hut von Maurice gefunden). Ich weiß nicht, ob ich mich irre, aber hier dies Stöckchen sieht ganz aus wie das von Maurice.

Pérugin (bei Seite). Au weh!

Frau Pérugin (bei Seite). Wie ungeschickt. (Laut.) Dies Stöckchen gehört meinem Mann.

Pérugin (verwirrt, nimmt den Stock). Ja, ein Geschenk meiner lieben Caroline. Sie hat ihn gekauft Passage de Panorames... am Tage Montmorency. (Er legt den Stock auf den Tisch.)

Carbonel. Und dieser Hut! Sie haben doch nicht einen so starken Kopf.

Pérugin. Dieser Hut?

Frau Pérugin (steht auf und nimmt den Hut). Gehört Herrn Jules Priés.

Frau Carbonel. Wie! Ist er hier?

Frau Pérugin (nimmt den Hut und trägt ihn auf einen Stuhl im Hintergrunde). Ja, er kommt täglich...

Frau Carbonel. Also haben Sie sich wieder mit ihm ausgesöhnt?

Pérugin. Vollständig.

Frau Pérugin. Es ist ein so ausgezeichneter junger Mann.

Frau Carbonel (bei Seite). Ich glaube kein Wort.

Frau Pérugin (leise zu ihrem Mann). Laß' doch Jules kommen.

Pérugin (leise). Was sagst Du?

Frau Pérugin (wie oben). Du sollst Jules rufen.

Pérugin. Sogleich. (Laut.) Der gute Mensch ist hier, er arbeitet in meinem Zimmer.

Frau Carbonel (ungläubig). So! Und Sie wollen ihn wohl nicht stören?

Carbonel (bei Seite). Nun wird's sich zeigen.

Pérugin. Im Gegentheil, ich muß ihm so noch etwas sagen. (An die Thür links gehend, ruft er.) Herr Jules, bitte.

Jules (erscheint auf der Schwelle). Fast bin ich fertig... Ah, Herr und Frau Carbonel!

Carbonel (bei Seite). Er ist wirklich hier.

Frau Carbonel (die sich bei der Stimme Jules erhoben). Wieder geeinigt?

Pérugin (zu Jules). Mein Freund, ich habe es mir doch überlegt... Ich wünsche kein chinesisches Häuschen mit Glocken, sondern lieber etwas im türkischen Genre, so mit Kreuzen in der Luft.

Jules. Orientalischen Styl! Aber da muß ich die Zeichnung nochmals verändern.

Pérugin. Ja, meine Tochter findet es auch hübscher so.

Jules. Es ist ja ein Leichtes.

Pérugin. Entwerfen Sie etwas Türkisches. (Jules ab.)

Frau Carbonel (leise zu ihrem Mann). Wir hatten uns doch geirrt!

Carbonel (ebenso). Ganz gehörig!

Frau Carbonel (steht auf). Theure Freundin, wir müssen Ihnen nun Abieu sagen.

Frau Pérugin. Wie? Schon?

Carbonel. Ville d'Avray liegt weit von hier.

Pérugin. Kommen Sie wenigstens noch nach dem Garten.

Frau Carbonel. Sehr gern... Da treffen wir ja auch Bertha. (Sie gehen nach dem Hintergrund.)

Edgard (eintretend). Was, Herr und Frau Carbonel hier... Da wundere ich mich auch nicht, daß Maurice hier.

Herr und Frau Carbonel. Maurice?

Frau Pérugin (bei Seite). Der Einfaltspinsel.

Pérugin (bei Seite). Der Narr.

Edgard. Oder ist er schon fort?

Frau Pérugin (ihm Zeichen machend). Sie wissen recht gut, daß wir ihn nicht gesehen haben.

Pérugin (ihm auch Zeichen machend). Schon seit fünf Tagen nicht.

Edgard. Das ist kolossal! Ich drückte ihm noch soeben die Hand!

Frau Carbonel. Es genügt, Frau Pérugin, jetzt wissen wir, was wir wissen wollten. (Leise zu ihrem Mann.) Wenn Du das leidest, so hast Du kein Blut in den Adern!

Carbonel (seinen Rock zuknöpfend). Sei ganz ruhig.

Frau Pérugin (zu Frau Carbonel). Aber ich versichere Sie...

Frau Carbonel. Ich will nur mein Kind holen.

Pérugin. Gnädige Frau...

Frau Carbonel. Ich denke, Sie haben nicht das Recht, mir mein Kind vorzuenthalten! (Ab durch den Hintergrund.)

Edgard (zu Frau Pérugin). Was ist nur vorgefallen?

Frau Pérugin. Sie sind an Allem schuld. (Schnell ab.)

Edgard (erstaunt). Schuld, an was?

Scene 12.

Carbonel. Pérugin. Edgard.

Carbonel (zu Pérugin). Jetzt zu Ihnen, mein Herr!

Pérugin. Was wünschen Sie?

Carbonel. Das fordert eine Erklärung... Vom ersten Tage ab, als dieser junge Mann sich bestimmt vorgenommen, zu heirathen...

Edgard. Wer? Ich?

Carbonel. Habe ich wohl Ihre treulosen Manöver bemerkt.

Pérugin. Mein Herr!

Carbonel. Ich stehe zu Diensten.

Edgard (kommt vor und tritt zwischen Beide). Aber, meine Herren, meine Herren!

Pérugin. Glauben Sie mich nicht in Angst zu bringen, es ist durchaus nicht verboten, wenn man sucht seine Tochter zu verheirathen.

Carbonel. An mein Kind dachte er zuerst. Er kam nach Ville d'Avray.

Edgard (bei Seite). Es ist wahr, da war ich zuerst.

Pérugin. Nun, und später kam er hierher, das ist doch nicht verboten.

Edgard (bei Seite). Ich that wohl nicht recht.

Carbonel. Das heißt, Sie zogen ihn durch Ihre Intriguen hierher.

Pérugin. Das ist nicht wahr, er kam freiwillig.

Edgard. Erlauben Sie ...

Carbonel. Unwahr.

Pérugin. Was! Sie beschuldigen mich einer Lüge?

Carbonel. Ich stehe zu Diensten.

Edgard. Aber meine Herren, zwei alte Freunde ...

Pérugin (ihn zurückstoßend). Lassen Sie uns gefälligst.

Carbonel (ebenso). Kümmern Sie sich um Ihre Angelegenheiten. (Zu Pérugin.) Entsagen Sie dem jungen Manne?

Pérugin. Nein!

Edgard. Erlauben Sie, da habe ich auch ein Wörtchen mitzusprechen.

Carbonel (sucht ihn zu entfernen). Schweigen Sie doch. (Zu Pérugin.) Mein Herr, morgen werde ich Ihnen meine Zeugen schicken.

Pérugin. Sehr wohl, ich thue ein Gleiches. (Beide ab, Carbonel durch den Hintergrund, Pérugin links.)

Scene 13.

Edgard. (Dann) Bertha.

Edgard (allein). Wie, ein Duell meinetwegen, das ist kolossal. Wie verhindere ich es?

Bertha (tritt durch den Hintergrund ein, sehr bewegt, bei Seite). Oh, wie unwürdig, Lucie hat mir Alles erzählt... dieser Herr Maurice... ich glaubte, ich liebte ihn schon, nun bleibe ich nicht einen Augenblick hier. (Bemerkt Edgard.) Ah, Herr Edgard!

Edgard. Fräulein Bertha!

Bertha. Wissen Sie nicht, wo meine Mama ist?

Edgard. Hören Sie mich an, es handelt sich darum, ein großes Unglück zu verhüten.

Bertha. Ein großes Unglück?

Edgard. Ihr Vater und Herr Pérugin wollen sich schlagen.

Bertha. Sich schlagen! Und weshalb?

Edgard (mit verlegener Bescheidenheit). Mein Gott, daß ich es Ihnen sagen muß... es ist zwar kolossal... aber der Zukünftige ist schuld... sie streiten sich um ihn.

Bertha. Ein Zukünftiger... (Bei Seite.) Ich verstehe.

Edgard. Aber der liebe Mensch kann nichts dafür, höchstens wäre ihm etwas Unbeständigkeit vorzuwerfen.

Bertha. Ein Duell! Abscheulich!

Edgard. Beruhigen Sie sich... ich gehe sie aufzufinden, und werde sie schon zu verständigen suchen.

Bertha. Ja, thun Sie das, ich bitte Sie darum, ich werde Ihnen zeitlebens dankbar dafür sein.

Edgard (sie bei der Hand nehmend). Bertha, dieses Wort entscheidet... Zählen Sie auf mich... (Durch den Hintergrund links ab.)

Scene 14.

Bertha. (Dann) Maurice.

Bertha (allein). O, wie ich ihn hasse, diesen Herrn Maurice.

Maurice (tritt vorsichtig von rechts auf). Ich höre Niemand mehr... wahrscheinlich sind Alle fortgefahren. (Bemerkt Bertha.) Fräulein Bertha!

Bertha. Sie, mein Herr. (Will sich entfernen.) Sie entschuldigen mich...

Maurice. Ein Wort, mein Fräulein... Erlauben Sie mir, mich zu rechtfertigen.

Bertha. Sich rechtfertigen? Worüber, mein Herr?

Maurice. Daß ich gewissen Plänen nicht Folge leisten konnte.

Bertha. Ich habe Ihnen zu danken, denn diese Pläne würden meine Zustimmung nie erhalten haben.

Maurice (erstaunt). Was muß ich hören!

Bertha. Und da Sie die Kühnheit haben, mich zu befragen, werde ich mir die Freiheit nehmen, Ihnen zu antworten... Nein, mein Herr, Sie gefallen mir durchaus nicht, haben mir noch nie gefallen...

Maurice. Aber, mein Fräulein...

Bertha (sich erregend). Man sagt, Sie seien Millionär, desto besser für Sie... Führen Sie Ihre Million doch spazieren, von einer Familie zur andern.

Maurice. Erlauben Sie...

Bertha. Was mich betrifft, so mache ich keinen Anspruch... Das wäre doch etwas zu theuer bezahlt, denn wenn ich mir je einen Mann nehme, so wähle ich keinen, der sein Herz nach jedem Winde dreht...

Maurice. Hören Sie mich doch an.

Bertha (sich immer mehr erregend). Vorzüglich werde ich suchen nach Geist, Takt, Geschmack und guter Erziehung... Alles Andere macht nicht glücklich.

Maurice. Aber...

Bertha. Ich danke dem Himmel, der mir vergönnt hat, Sie kennen zu lernen, mein Herr, bevor ich Ihre Frau geworden. (Sie grüßt und geht ab.)

Scene 15.

Maurice (allein).

Aber sie spricht... sie kann sich erregen... sie reißt... sie beißt... Und ich glaubte sie einfältig! Welche Lebendigkeit; so sah ich sie ja noch nie, es giebt kaum etwas Hübscheres, als eine Blondine in Wuth. (Sich beruhigend.) Wie, sollte ich noch mal umkehren? Nein, ich liebe Lucie, ich muß sie lieben... Ha, hier liegt ihr Album. (Er setzt sich an den Tisch, öffnet das Album und spricht, ohne hineinzusehen.) Wie hübsch sie war, als sie zu mir sagte: Sie gefallen mir nicht und haben mir nie gefallen... Das ist aber nicht wahr, denn ohne Einbildung glaubte ich zu bemerken... Aber ich liebe ja Lucie. Ich muß sie lieben! (Das Album betrachtend.) Ich muß doch die Freunde kennen lernen. (Lesend.) Genrebild... aber ich sollte doch den jungen Mann kennen... ja, es ist Jules... sieh... sieh... sieh... (Das Blatt umwendend.) Anderes Genrebild... wiederum Jules! Als Römer oder Pompejaner. (Wirft das Album fort und steht auf.) Oh, oh, zu viel Phantasie. Es ist unmöglich, ich kann mich in dieses Herz nicht mehr einmiethen, es besitzt schon einen Miether. (Lächelnd.) Mir fällt diese kleine Bertha ein, wie hübsch sagte sie: Führen Sie Ihre Million spazieren von Familie zu Familie ... Welch' eine Farbe hatte sie, wie blitzten ihre Augen ... oh, sie ist reizend ... sie ist ... (Plötzlich.) Wo ist Papa?

Scene 16.

Maurice. Pérugin. Frau Pérugin. (Dann) **Duplan. Lucie.** (Zuletzt) **Jules.**

Pérugin. Endlich sind sie fort!
Frau Pérugin. Nun behaupten wir doch den Platz.
Maurice (bei Seite). Zu spät.
Duplan (rechts den Kopf durch die Thür steckend). Darf man eintreten?
Frau Pérugin. Gewiß.
Duplan. Die schöne Frau Carbonel ...
Pérugin. Fährt nach dem Bahnhof.
Frau Pérugin. Wir sind ganz en famille.
Pérugin (nimmt das Album und hält es Maurice hin). Haben Sie schon einen Blick in das Album meiner Tochter gethan?
Maurice (nähert sich). Ja wohl.
Pérugin (läßt es ihn bewundern). Ist dieser Römer nicht vorzüglich gut? Herr Jules findet, daß er viel Chik hat.
Frau Pérugin (leise zu ihrem Mann). Sprich doch nicht von Jules. (Laut.) Lucie!
Lucie (die soeben von links auftritt). Mama!
Frau Pérugin. Wenn Du jetzt weiter spieltest ... oder noch einmal die Reverie von Rosellen.
Maurice (bei Seite). Die Zähne klappern mir förmlich in diesem Gedanken.
Lucie. Wie Du willst, Mama.
Frau Pérugin. Setzen Sie sich, meine Herren. (Sie setzen sich.)
Pérugin (zu Duplan). Sie werden hören, das Stück ist entzückend.
Duplan. Ich kenne es. (Bei Seite.) Ich hörte es mehr als zu oft in Ville d'Avray. (Lucie spielt.)
Pérugin (nach einigen Takten, zu Maurice). Sehr schön! Herrlich!
Maurice. Ausgezeichnetes Spiel. (Bei Seite.) Ich könnte außer mir gerathen. (Sieht nach der Uhr.) Es ist noch Zeit zum Zug. (Er steht

selbst auf, nimmt seinen Stock und sucht auf den Fußspitzen die Thür im Hintergrunde zu erreichen, bei welcher sein Hut liegt. Er verschwindet, während Pérugin zum Piano geht, das Blatt umzuwenden.)

Jules (tritt links ein, entzückt von der Musik, bei Seite). Sie ist am Piano. (Er nimmt geräuschlos den von Maurice verlassenen Platz ein. Pérugin und seine Frau hören gespannt und voller Entzücken zu. Duplan ist eingeschlafen.)

Pérugin (der sich wieder gesetzt). Reizend, nicht wahr? (Er wendet sich zu Maurice.) Jules! Wo ist der Andere?

Frau Pérugin (steht schnell auf). Herr Maurice!

Jules. Ich habe Niemand gesehen...

Pérugin (der schnell an's Fenster getreten). Dort ist er... Da, auf der Chaussee.

Frau Pérugin. Fort.

Pérugin und seine Frau (Duplan anrufend). Herr Duplan! Herr Duplan!

Duplan (erwacht und applaudirt). Bravo! Bravissimo!

Pérugin. Ihr Sohn ist abgereist!

Duplan. Ach was! (Allgemeine Verwirrung. Der Vorhang fällt.)

Vierter Akt.

(Das Theater stellt ein Treibhaus dar, in welchem Blumen-Terrassen, Stühle und Gartenbänke stehen. — Seitenthüren und Thür im Hintergrunde.)

Scene 1.
Duplan. Ein Gärtner.

(Beim Aufziehen des Vorhanges beschneidet Duplan die Rosenstöcke und der Gärtner begießt.)

Duplan. Du hast gut reden... Ich bin aber nicht zufrieden...

Gärtner. Aber Herr...

Duplan. Kaum bin ich zwei Tage fort... und finde bei meiner Rückkehr, daß Alles drüber und drunter... Alles hängt die Köpfe.
Gärtner. Es war gar zu heiß.
Duplan. Deshalb mußte gegossen werden.
Gärtner. Herr Duplan, ich habe begossen.
Duplan. Wahrscheinlich Deine Kehle.
Gärtner. O, wer kann das sagen!
Duplan (nimmt einen Blumentopf und prüft ihn, für sich). Da, die Läuse werden mir meine ganzen Rosen vernichten... und um sie zu tödten müßte recht viel Taback geraucht werden. (Zum Gärtner.) Du kannst dreist Dein Pfeifchen rauchen, das genirt mich nicht.
Gärtner. Nicht doch in Ihrer Gegenwart.
Duplan. Ach was, wenn ich es Dir erlaube, ich bin nicht stolz...
Gärtner (zieht seine Pfeife). Nun, da Sie es erlauben... ach, nun habe ich keinen Taback mehr. Wenn Sie so gut wären, unterdeß zu begießen, so möchte ich mir schnell welchen holen.
Duplan. Sieh mal, und ich soll in der Zeit Deine Arbeit thun... nein, behalte Deine Gießkanne und kaufe Dir später Taback... heute Mittag muß ich nothwendigerweise auf die Mairie gehen, wegen der Wahl des Municipalrathes; daß bei meiner Rückkehr Alles gründlich begossen ist.
Gärtner. Seien Sie unbesorgt, ich mache heute das Bassin leer. (Ab mit zwei Gießkannen.) Ah, da kommt Herr Maurice. (Ihn grüßend.) Diener, Herr Maurice. (Ab.)

Scene 2.
Duplan. Maurice.

Maurice (tritt von links auf). Guten Tag, Papa.
Duplan. Na, da bist Du ja! Wo kommst Du her? Was wurde aus Dir seit gestern Abend?
Maurice. Ich komme aus Paris.
Duplan. Du bist ein netter Sohn! Aus Montmorency zu verschwinden, ohne sich bei Jemand zu verabschieden... Du hast uns da gut blamirt.
Maurice. Ich gestehe ein, es war unrecht... aber ich hielt's nicht länger aus.

Duplan. Das Klavierspiel langweilte Dich... Du hätteſt es machen ſollen wie ich, Dich ausruhen... Frau Pérugin war ſehr unzufrieden... glücklicherweiſe gelang es mir, ſie zu beruhigen.

Maurice. Wirklich?

Duplan. Ich fing es ſehr geſchickt an... ich ſagte ihr, Du hätteſt ein ſehr wichtiges Rendezvous... mit einem Geſchäftsmann... Du hätteſt mich davon in Kenntniß geſetzt...

Maurice. Sehr gut.

Duplan. Mit einem Wort, ich habe Dich entſchuldigt... ich mußte meine ganze Liebenswürdigkeit verdoppeln, um Deine Unhöf= lichkeit vergeſſen zu machen. Uebrigens waren ſie reizend gegen mich... der Vater ſprach viel von den Roſen... aber er iſt, unter uns geſagt, ein Eſel.

Maurice. Was Du ſagſt!

Duplan (verbeſſert ſich). Ich wollte ſagen, er verſteht Nichts da= von... Ich mußte zum Mittag bleiben... Das Eſſen war ausge= zeichnet... Dann dort übernachten...

Maurice. Du haſt dort geſchlafen?

Duplan. Im blauen Zimmer... das ſchönſte im ganzen Hauſe... und ein Bett hatte ich Dir, von einer Weichheit... na, ſpäter wirſt Du es ja auch kennen lernen... ich erwachte erſt um 9 Uhr... zum Frühſtück.

Maurice. Auch noch gefrühſtückt? Du machſt es gut, Papa.

Duplan. Alles Deinetwegen, ich mußte Dich doch entſchuldigen! (Sieht auf ſeinen Blumentopf.) Sage mal, haſt Du denn keine Luſt, eine Cigarre zu rauchen, genire Dich nicht...

Maurice. Danke ſehr... ich warf meine ſoeben erſt fort.

Duplan. Das mußt Du in Zukunft nicht thun... Geſtern Abend ſpielten wir eine Partie Whiſt... und als das junge Mädchen auf ihr Zimmer gegangen, unterhielten wir uns vom Contract.

Maurice. Von welchem Contract?

Duplan. Na, von Deinem.

Maurice. Wie?

Duplan. Mußte ich nicht geſtern für Dich um die Hand des Fräuleins anhalten?

Maurice (verlegen). Ja, aber...

Duplan. Ich brachte als alter Notar Alles zu Papier... (Ein Papier aus der Taſche ziehend). Da, hier iſt er.

Maurice. Du biſt aber ein Wenig zu ſchnell! Weshalb dieſe Eile?

Duplan. Die Liebe...

Maurice. Jetzt ist es ganz anders!

Duplan (stotternd). Was? Was sagst Du da?

Maurice. Als ich Euch gestern verließ, hatte ich noch das Glück, die Familie Carbonel wieder zu sehen auf dem Bahnhof...

Duplan Nun?

Maurice. Ich stieg in ihren Wagen... fast mit Gewalt, denn sie waren wüthend, wollten Nichts hören... besonders Bertha, aber ich bat so lange, ich beschwor sie, ich weinte sogar... endlich gelang es meiner Beredsamkeit, sie zu versöhnen...

Duplan. Nun, und?

Maurice. Als wir in Paris ankamen, erhielt ich gänzliche Verzeihung... die Vermählung war beschlossen!

Duplan (erschrocken). Die Vermählung... mit wem?

Maurice. Nun mit Bertha... denn sie nur liebe ich...

Duplan (ausbrechend). Nun laß' mich aber für immer in Ruhe!

Maurice. Dieser Geist! Diese Lebendigkeit. Ich war ungerecht gegen sie.

Duplan. Aber, Unglücklicher, die Familie Pérugin zählt auf Dich!

Maurice. Du mußt mich bei ihnen entschuldigen.

Duplan. Was sollten sie wohl von mir denken, das thue ich auf keinen Fall. Ich versage Dir meine Einwilligung.

Maurice. Diesen Kummer wolltest Du der schönen Frau Carbonel bereiten?

Duplan (schwach). Maurice, schweige.

Maurice. Sie war so gut gegen mich, behielt mich auch zum Essen dort... famoses Essen.

Duplan. Ach!

Maurice. Und Abends besprachen wir den Contract miteinander... er läßt ihn von seinem Notar aufsetzen... und heute noch kommt die Familie Carbonel hierher, ihn zu überbringen... auch Deinen Korb.

Duplan. Na, da haben wir's! Die Familie Pérugin kommt auch noch heute hier an, um diesen Contract hier einzusehen.

Maurice. Alle Teufel!

Duplan. Was soll ich ihnen sagen? Es ist Deine Schuld, Du drehst Dich wie ein Kreisel. Erst willst Du die Blondine, ich bitte für Dich um die Hand derselben, man willigt ein... am andern Tag hast Du geändert... da willst Du lieber die Schwarze... gut, ich halte wieder für Dich an, man ist einverstanden... und nun plötzlich willst Du wieder die Blonde... und die Eltern mit der Schwarzen kommen auch her! Die blonden Eltern auch, o welch' ein Tag!... Und mein Schlingel von Gärtner, der auch nicht begießt... und diese Blattläuse, die meine Rosen verzehren! Mein Himmel, welch' ein Tag!

Maurice. Aber so beruhige Dich doch... dies Mal ist es aber Ernst... ich heirathe Bertha oder bleibe ledig.

Duplan. Dasselbe sagtest Du auch von der Andern; und doch ist sie so reizend, diese kleine Pérugin... So lebhaft... so ungestüm... und Augen hat sie...

Maurice. Ja das ist wahr, Augen hat sie!

Duplan. Siehst Du, das mußt Du doch zugestehen, und dann bedenke doch, ich habe ja mein Wort gegeben... das Wort Deines Vaters...

Maurice. Oh, es waltet aber ein besonderer Umstand!

Duplan. Noch vergaß ich Dir zu sagen: der Vater Pérugin giebt 200,000 Francs, 50,000 Francs mehr als der Andere... als wir den Thee eingenommen, machte er mich damit bekannt.

Maurice. Was thut das Geld! Ich bin reich genug.

Duplan. Ueberlege noch einmal Alles... die Augen... die 50,000 Francs, das Wort Deines Vaters... und dann entscheide Dich. (Nach seiner Uhr sehend.) Es ist Mittag. Ich gehe nur auf die Mairie, meinen Zettel abzugeben, und komme gleich zurück... in dieser Zeit fasse nun Deinen Entschluß... sobald ich wieder komme, werde ich schreiben. (Sich verbessernd.) Wir werden an eine der Familien schreiben, sie sollen sich nicht her bemühen...

Maurice. Richtig. Aber erst gieb Deine Stimme ab...

Duplan. Rauche doch in der Zeit... genire Dich nicht, rauche, mein Junge, rauche. (Links ab.)

Scene 3.

Maurice. (Dann) Jules.

Maurice. Mir ist gerade zu Muthe zum Rauchen... Ich habe mit einem Mal zwei Bräute und zwei Familien; mein Vater war aber auch zu schnell. (Sieht Jules durch den Hintergrund tretend.) Ach, Du bist es Jules.

Jules. Ich suche Dich schon den ganzen Morgen... komme soeben aus Deiner Wohnung, von dort schickte man mich hierher.

Maurice. Mensch, wie siehst Du denn aus?

Jules. Mein Freund, ich möchte eine Frage an Dich richten, die Du mir aber offen und ehrlich beantworten mußt.

Maurice. Sprich...

Jules. Ist es wahr, daß Du Fräulein Pérugin heirathest?

Maurice. Wieso?

Jules. Gestern, als ich mich schon zur Familie gehörig betrachtete, bedeutete mir Frau Pérugin bereits zum zweiten Male, ich solle meine Besuche einstellen, sowohl als Baumeister, wie als Schwiegersohn... Ich wollte dagegen sprechen, doch sie schloß mir den Mund mit den Worten: Meine Tochter ist die Braut des Herrn Maurice Duplan.

Maurice. Sei ruhig, diese Ehe wird aus zwei Gründen nicht geschlossen: Erstlich bist Du mein Freund; zweitens besitzt Fräulein Lucie für mich einen unverzeihlichen Fehler...

Jules. Lucie...

Maurice. Nämlich ihr Album.

Jules. Ihr Album...

Maurice. In demselben befinden sich verschiedene Genrebilder, deren Held fabelhafte Aehnlichkeit hat mit einem Architekten meiner Bekanntschaft...

Jules. Wäre es möglich! Ich sollte das Glück haben...

Maurice. Du prangst im Album mit und ohne Helm... Sie liebt Dich, mein Freund, deshalb muß sie auch Deine und nicht meine Frau werden.

Jules. Leider ganz unmöglich!

Maurice. Weshalb?

Jules. Nein, sieh, das ist ein Traum, denn niemals würde die Mutter von mir etwas wissen wollen; ich wäre eine zu bescheidene Parthie.

Maurice. Das wollen wir sehen.

Jules. Deine Million hat ihr den Kopf verwirrt... sie ist berauscht, fast vernarrt in dem Gedanken... und wenn Du ihre Tochter nicht heirathest, so sucht sie einen andern Millionär zu ergattern.

Maurice. Teufel, wie kann man diese Idee wieder bei ihr ausrotten. (Ueberlegend.) Warte, ja, ja, das wäre herrlich, diese Bürger in der Schlinge zu fassen... (Zu Jules.) Ich bedarf Deiner... Kannst Du mir eine Stunde schenken?

Jules. Zwei... drei... den ganzen Tag, wenn Du willst...

Maurice (zieht ein Notizbuch aus der Tasche und schreibt). Ich will nur meinem Vater zwei Worte schreiben... ja, mit dem Drei=Uhr=Zug kann ich wieder hier sein. (Faltet ein Blatt Papier zusammen und ruft.) Felix! Felix!

Gärtner (eintretend). Was befehlen Sie?

Maurice. Sobald mein Vater zurück, gieb ihm dies Billet.

Gärtner. Ja wohl, Herr Maurice.

Maurice (zu Jules). Komm', unterwegs werde ich Dir Alles erklären. (Beide ab durch den Hintergrund.)

Scene 4.
Der Gärtner. (Dann) Duplan.

Gärtner (allein). Ach, ist das Begießen eine langweilige Arbeit. Da machen sie extra kleine Löcher in die Töpfe... da kann man schön begießen, es läuft ja Alles wieder 'raus.

Duplan (tritt von links auf). Abgemacht. Ich habe für Frangilar gestimmt... meinen Wurstlieferanten... man kann nicht wissen, zu was das gut ist... Nun, wo ist Maurice?

Gärtner. Er ging eben mit einem andern Herrn fort, aber hier, das soll ich Ihnen geben. (Er giebt Duplan das Billet und geht ab.)

Duplan (allein). Ein Billet. (Lesend.) Beruhige Dich, ich habe ein famoses Mittel gefunden, Alles auszugleichen..... Mit dem Drei=Uhr=Zug komme ich zurück. (Spricht.) Nun bin ich eben so klug, als vorher... er sagt mir doch nicht, welche er heirathet... und die beiden Familien können jeden Augenblick eintreffen... ich ginge am liebsten auch fort und käme erst mit dem Drei=Uhr=Zug zurück. (Er geht nach dem Hintergrunde.)

Die Stimme des Gärtners (hinter der Coulisse). Im Treibhaus, ja, da ist er.

Duplan (erschrocken). Besuch!

Scene 5.
Duplan. Edgard. (Dann) Der Gärtner.

Edgard (erscheint im Hintergrunde und spricht in die Coulisse hinein). Geben Sie ihm nur zwei Litres Hafer, das genügt!

Weibliche Gründer oder: Freie Concurrenz um einen Millionär. 73

Duplan. Herr Edgard!

Edgard. Guten Tag, Herr Duplan.

Duplan. Was verschafft mir die Ehre?

Edgard. Ich hoffte Maurice hier zu finden... Nun höre ich aber, daß er soeben nach Paris zurück.

Duplan. Kommt aber sehr bald wieder... Wenn Sie ihn erwarten wollen... Rauchen Sie unterdeß eine Cigarre.

Edgard. Eigentlich können auch Sie mir sagen, um was ich ihn fragen wollte.

Duplan (läßt ihn sich dicht bei den Rosen setzen). Setzen Sie sich, bitte, und rauchen Sie ganz ungenirt.

Edgard. Danke wirklich.

Duplan. Weshalb nicht? (Zündet ein Streichhölzchen an.) Da, hier ist Feuer.

Edgard. Zu gütig. Aber heute habe ich Magendrücken (Er sieht auf.)

Duplan (bei Seite). Ich muß mir gerade Jemand aus der Kaserne kommen lassen.

Edgard. Herr Duplan, eine eigenthümliche Angelegenheit führt mich zu Ihnen; ich weiß aber, ich wende mich nicht vergeblich an Ihre Offenheit und Liebenswürdigkeit.

Duplan (verneigt sich). Mein Herr! (Bei Seite.) Was will der nur von mir?

Edgard. Ich bin sehr mit meinem Herzen zu Rathe gegangen, und ich verhehle es Ihnen nicht, ich liebe diese Damen...

Duplan. Welche?

Edgard. Bertha und Lucie.

Duplan. Wie! Alle Beide?

Edgard. Das wundert Sie?

Duplan. O nein. (Bei Seite.) Gerade wie Maurice.

Edgard. Eine will ich nun heirathen... ganz gleich welche!

Duplan. Erlauben Sie, mein Sohn...

Edgard. Ich weiß, daß er mit einer der beiden Familien in Unterhandlungen steht... und da es mir durchaus einerlei ist, welche von beiden ich heirathe, so wollte ich Sie nur bitten, mir zu sagen, verehrter Herr, welche er gewählt hat, damit ich um die Andere anhalten kann.

Duplan (verlegen). Welche? Sie wollen wissen welche?

Edgard. Ich wiederhole nochmals, ich wende mich an Ihre Offenheit, Ihre Liebenswürdigkeit.

Duplan. Verstehe wohl ... aber ich weiß es durchaus nicht.

Edgard. Wie? Sie sollten nicht wissen, welche Ihr Herr Sohn heirathet? Sie, der Vater!

Duplan. Meiner Treu', ich weiß es nicht.

Edgard. Das ist kolossal.

Duplan. Ich danke Ihnen aber sehr für den guten Willen.

Edgard. Alles aus Höflichkeit.

Duplan. Aus Höflichkeit... Ich kann Ihnen für den Augenblick nur sagen, warten Sie den Drei=Uhr=Zug ab?

Edgard (erstaunt). Weshalb den Drei=Uhr=Zug?

Gärtner (tritt auf). Herr Duplan, da ist ein Herr, eine Madame und ein Fräulein, die nach Ihnen fragen...

Duplan (bei Seite). Mein Gott, da sind sie! Aber welche? Die Pérugin's oder die Carbonel's?... Was soll ich ihnen sagen?... Ich bitte, sie mögen näher treten!

Edgard. Sie haben Geschäfte?

Duplan. Ja, ein Besuch; sehr genant...

Edgard (welchen Duplan nach links begleitet). Ich lasse Sie jetzt... Später wollen wir weiter davon sprechen.

Duplan (bei Seite). Die Carbonels!

Edgard (bei Seite, sie bemerkend). Nun werde ich ja bald erfahren, an wen mich halten? (Er versteckt sich hinter einen Blumenständer.)

Scene 6.

Duplan. Herr (und) Frau Carbonel. Bertha. Edgard (versteckt).

Frau Carbonel (im Eintreten). Da sind Sie ja, theuerster Herr Duplan.

Duplan (grüßend). Gnädige Frau.

Carbonel. Guten Tag, alter Freund.

Duplan (bemerkt Bertha, die einen Rosenstock trägt). Mein liebes Fräulein, welch' ein schöner Rosenstock.

Carbonel (leise zu seiner Tochter). Jetzt ist der Moment!

Bertha. Herr Duplan, gestatten Sie mir, Ihnen denselben zu überreichen.

Duplan (ihn nehmend). Wie, er soll für mich sein... aber was sehe ich?... das ist ja die Chromatella.

Carbonel. Sie fehlte doch zu Ihrer Sammlung.
Frau Carbonel. Und Bertha hatte die Idee, sie zu besorgen...
Duplan. Oh, meine liebe Kleine, gar zu gütig!
Frau Carbonel. Sie liebt Sie schon wie einen Vater...
Carbonel (leise zu seiner Tochter). Umarme ihn... jetzt ist gerade der Moment!
Bertha (nähert sich Duplan). Mein Herr...
Duplan (umarmt sie). Sehr gern. (Bei Seite.) Sie ist reizend... Wenn doch Maurice sie wählte. (Laut.) Nehmen Sie gefälligst Platz. (Zeigt auf den Rosenstock.) Ich werde ihm den Ehrenplatz geben... und ihn stets eigenhändig begießen. (Er trägt ihn auf einen Ständer, sie setzen sich.)
Frau Carbonel. Heut Morgen war Maurice bei Ihnen?
Duplan. Ja... ja wohl.
Carbonel. Er hat Ihnen wohl erzählt, daß wir den gestrigen Abend zusammen waren... daß wir viel gesprochen haben.
Duplan. Ja, ja... (Bei Seite.) Da, nun sind wir ja so weit!
Frau Carbonel. Alles ist verziehen... die Kinder verstehen sich... sie haben dieselben Ideen, denselben Geschmack.
Bertha. Maurice hat sich entschuldigt, und Ihnen kann ich es sagen, ich bin sehr glücklich darüber.
Duplan. Um so besser. (Bei Seite.) Nun werden die Pérngins bald kommen.
Carbonel. Wir waren übereingekommen, ich sollte den Contract entwerfen. (Uebergiebt ihm ein Papier.) Hier ist er!
Duplan. Sehr gut. (Bei Seite.) Nun habe ich zwei! (Er steckt ihn in seine Tasche.)
Carbonel. Lesen Sie ihn, wann es Ihnen beliebt.
Duplan. Ja, es hat ja nicht solche Eile.
Frau Carbonel. Wir haben in Puteaux einen Besuch zu machen, kommen aber sehr bald zurück. (Sie stehen auf.)
Duplan. Bitte, ohne Zwang. (Bei Seite.) Sie gehen fort!
Carbonel. Ah, ich vergaß, im Contract befindet sich ein Paragraph, den Sie vielleicht ein wenig hart finden werden, aber jetzt halten wir auch nicht mehr so streng darauf.
Duplan. Ich ebensowenig.
Frau Carbonel. Ich hoffe, daß diesmal unsere Pläne durch Nichts gekreuzt werden.
Duplan. Warten Sie nur gefälligst den Drei=Uhr=Zug ab.
Herr und Frau Carbonel. Was soll das heißen?

Duplan. Ich wollte sagen, die Rückkehr Maurice; gehen Sie nur hier durch die kleine Gartenthür. (Bei Seite.) Sonst begegnen sie am Ende gar den Anderen...

Carbonel (leise zu Bertha). Umarme ihn! Ein trefflicher Moment!

Bertha. Herr Duplan.

Duplan (sie umarmend). Liebes Kind! (Bei Seite.) Ich darf mich gar nicht so gehen lassen. (Herr, Frau Carbonel und Bertha links ab.)

Scene 7.

Duplan. (Dann) Edgard.

Duplan. Sie ist wirklich reizend, und wider meinen Willen fühlte ich... Aber wenn sie es nun zufälliger Weise nicht wäre.

Edgard (aus seinem Versteck hervor, bei Seite). Wie recht thut man, wenn man horcht (Laut.) Sehen Sie, Papa Duplan, daß Sie ein Schelm sind.

Duplan. Was! Sie hier? Ich glaubte Sie fort.

Edgard. Nein, ich war hier, habe Alles gehört, ohne es zu wollen, der Contract ist fertig... und dabei sagten Sie mir, Sie wüßten nicht, welche Maurice heirathen würde.

Duplan. Liebster Freund, ich schwöre es... Warten Sie den Drei...

Edgard. Weshalb? Da er Bertha gewählt, heirathe ich Lucie; ich eile nach Paris zu Pérugins. (Bemerkt die Eintretenden.) Ah, da kommen sie gerade.

Duplan (bei Seite). Ach mein Himmel, die Andern wollen auch in wenigen Minuten wiederkommen.

Scene 8.

Die Vorigen. Herr (und) Frau Pérugin. Lucie (einen Rosen=
stock tragend).

Frau Pérugin (im Auftreten). Da ist ja der liebe Herr Duplan.

Duplan (grüßend). Gnädige Frau.

Pérugin. Guten Tag, mein lieber Freund!

Duplan (begrüßt Lucie). Mein Fräulein. (Bei Seite.) Auch einen Rosenstock.

Frau Pérugin. Lucie, überreiche diesem guten Herrn Duplan Dein kleines Andenken.

Edgard (bei Seite). Ist denn heut sein Geburtstag?

Duplan. Wie, das soll für mich sein; aber ich weiß nicht, ob ich soll...

Pérugin. Es ist die Centifolia cristata.

Duplan (nimmt den Rosenstock). Ja, ja, das ist sie... sie fehlte noch zu meiner Sammlung.

Frau Pérugin. Lucie hörte Sie das äußern, und kam dadurch auf den guten Gedanken.

Duplan. O, mein liebes Fräulein, zu gütig.

Pérugin (leise zu Lucie). Umarme ihn. Der Augenblick ist passend.

Lucie (zögernd). Aber Papa.

Pérugin (drohend). Umarme ihn.

Lucie (bei Seite). Der arme Mann, er kann ja auch nichts dafür. (Laut.) Herr Duplan.

Duplan. Mit Vergnügen, liebes Kind. (Er umarmt sie, bei Seite.) Sie ist auch reizend, wenn sie nur Maurice's Erwählte wäre! (Zeigt auf den Rosenstock.) Ich will ihm den Ehrenplatz geben, und ihn stets persönlich begießen. (Er stellt ihn neben den Bertha's.) Sie verwöhnen mich... Sie handeln nicht vernünftig.

Frau Pérugin. Bitte, sprechen Sie nicht mehr darüber... wie wir mit einander stehen. (Sie setzen sich.)

Pérugin. Kurze Zeit vor dem Contract-Abschluß.

Edgard (zwischentretend). Wie, das Fräulein verheirathet sich?

Herr und Frau Pérugin. Wie, Sie auch hier, Herr Edgard.

Frau Pérugin. Was thut es, wir können auch getrost in Ihrer Gegenwart davon sprechen... ja, mein Herr, Lucie wird sich verheirathen.

Edgard. Und mit Wem, wenn man fragen darf?

Pérugin. Mit Maurice.

Edgard. Mit Maurice?

Lucie (die stehen geblieben). Aber Mama.

Frau Pérugin (leise zu Lucie). Schweig!

Lucie (bei Seite). Ich widersetze mich.

Frau Pérugin. Die Verbindung ist festgemacht, nicht wahr, Herr Duplan?

Duplan (verlegen, steht auf). Ja, ja wohl.

Edgard (zu Duplan). Ah, das ist kolossal! Sie werden mir erklären...

Duplan (bei Seite). Ich weiß es ja selber nicht. Warten Sie den Zug ab.

Edgard. Welchen Zug?

Pérugin. Haben Sie Zeit gehabt, unsern kleinen Contract zu entwerfen?

Duplan (bestürzt). Ja, ja wohl, gewiß, ich habe ihn hier. (Bei Seite). Ach, mein Himmel, Carbonels werden gleich hier sein.

Pérugin (nimmt den Contract). Wenn Sie erlauben, thun wir einen Blick hinein.

Duplan (zu Pérugin, der den Contract öffnen will). Nicht hier!

Pérugin. Weshalb nicht?

Duplan. Unter dem Kastanienbaum macht sich das besser... Niemand wird Sie dort stören.

Pérugin (zu seiner Frau). Komm', meine Liebe. (Zu Lucie.) Umarme ihn noch einmal, es ist zu Deinem Glück.

Lucie. Aber, Papa.

Pérugin (drohend). Zu Deinem Glück, sag' ich.

Lucie (zu Duplan). Herr Duplan. (Sie umarmt ihn, bei Seite). Ach, ich bin so wüthend. (Herr, Frau Pérugin und Lucie rechts ab.)

Duplan. Ich darf mich wiederum nicht gehen lassen...

Scene 9.

Duplan. Edgard.

Duplan. Nun muß ich sehen, ob die Carbonels...

Edgard (ihn festhaltend). Einen Augenblick, mein Herr... Jetzt zu uns...

Duplan. Verzeihen Sie, ich habe keine Zeit...

Edgard. Solches Handwerk treiben Sie also... in Ihrem Alter!

Duplan. Was wollen Sie?

Edgard. Ein alter Notar. Zwei ehrenwerthe Familien zum Besten haben, sie in ihren Hoffnungen bestärken... und Alles das, um sich Rosenstöcke schenken zu lassen.

Duplan. Wie, Sie glauben?

Edgard. Das ist unwürdig, kolossal.

Duplan. Sie langweilen mich, wissen Sie das!

Edgard. Es ist jetzt aber genug.

Duplan. Was!

Edgard. Ich achte Ihr Alter... ich stelle mich Ihnen als Edelmann vor, der an Ihre Aufrichtigkeit appellirte...

Duplan. Warten Sie doch nur den Zug ab.

Edgard (würdevoll). Nein, mein Herr, das will ich nicht; sobald mein Pferd Ihren Hafer gefressen, werde ich diesen Ort verlassen...

Duplan. Auch gut.

Edgard. Aber Sie müssen es in der Ordnung finden, daß ich jetzt meinen eigenen Gefühlen folge... und nicht das Wohl Ihres Herrn Sohnes berücksichtige... ich werde jetzt geradeaus meinen Weg gehen, und sollte ich dabei gewisse Speculationen vernichten, so...

Duplan. Aber ich wiederhole Ihnen...

Edgard. Ich habe die Ehre, mich Ihnen zu empfehlen, mit der Hochachtung, die Sie verdienen...

Duplan. Glückliche Reise. (Edgard ab durch den Hintergrund.)

Scene 10.

Duplan. Herr (und) **Frau Carbonel.** (Dann) **Herr** (und) **Frau Pérugin.** (Zuletzt) **Bertha** (und) **Lucie.**

Duplan (zieht seine Uhr). Drei Viertel auf Drei; nun muß Maurice bald kommen... und Alles sich aufklären. O, wie ist mir warm. (Er fällt rechts auf eine Bank. Herr und Frau Carbonel treten von links auf.)

Frau Carbonel. Unser Besuch hat sich doch länger ausgedehnt, als wir beabsichtigten, Sie erwarteten uns wohl schon...

Duplan. Mit großer Sehnsucht!

Carbonel. Sie suchen Bertha? Die kleine Thörin blieb bei Ihren Erdbeeren.

Duplan. Das ist hübsch von ihr. (Sie setzen sich.)

Frau Carbonel. Uebrigens sind sie ja fast ihr Eigenthum...

Duplan. Ja wohl. (Bei Seite.) Wenn nur erst der Zug käme.

Carbonel. Nun, was denken Sie über den gewissen Paragraphen?

Duplan. Ueber welchen?

Carbonel. Paragraph 8.

Duplan. Ich habe ihn noch nicht gelesen.

Frau Carbonel. Um so besser... Wir haben überlegt, der Paragraph wird gestrichen.

Carbonel. Geben Sie nur den Contract, ich werde ihn sogleich streichen.

Duplan (zieht den Contract aus der Tasche und giebt ihn). Ja, ja streichen Sie. (Bei Seite.) Da gewinnen wir Zeit. (Er steht auf und geht nach dem Hintergrund.)

Carbonel (öffnet den Contract). Also Paragraph 8.

Frau Carbonel (steht dicht bei ihm). Da ist er!

Carbonel (lesend). Herr Maurice Duplan.

Frau Carbonel. Streiche doch...

Carbonel. Als Zeichen seiner Zuneigung.

Frau Carbonel. Streiche.

Carbonel. Für Fräulein Lucie Pérugin... was!

Frau Carbonel. Pérugin!

Duplan (bei Seite). Donnerwetter, da habe ich mich verfaßt!

Carbonel (durchblätternd). Ueberall der Name Pérugin! Mein Herr, was soll das bedeuten? (Pérugin tritt auf mit seiner Frau und hält einen Contract in der Hand. — Sie sind wüthend.)

Pérugin. Das ist zu arg.

Frau Pérugin. Eine Mystification!

Pérugin. Ueberall der Name Carbonel.

Duplan (bei Seite). Da sind die Andern. Nun platzt die Bombe.

Herr und Frau Carbonel. Die Pérugins hier!

Herr und Frau Pérugin. Die Carbonels!

Carbonel (zu Pérugin). Ich habe Ihre Zeugen erwartet, mein Herr...

Pérugin. Und ich die Ihren, mein Herr...

Bertha (tritt auf, gefolgt von Lucie und Edgard). Was giebt's denn?

Lucie. Sie streiten sich.

Edgard. Wir müssen sie trennen!

Carbonel (zu Duplan). Es ist Zeit, erklären Sie sich, mein Herr. Man macht sich nicht so ungestraft lustig über eine Familie.

Pérugin. Ueber zwei Familien.

Edgard. Ueber Drei!

Carbonel. Möchte es Ihnen belieben uns zu sagen, welcher Contract von Beiden der Rechte?

Alle. Ja, reden Sie.

Duplan. Mein Gott, das ist doch ganz einfach... ich als alter Notar verlange doch nichts weiter, als recht ruhig zu leben, meine Rosen zu pflanzen... Maurice ist nach Paris gereist, warten Sie doch nur.

Alle (wüthend). Oh!

Scene 11.
Die Vorigen. Maurice.

Maurice (tritt ein). Nun, was giebt's denn?

Alle. Maurice!

Duplan. Endlich ist der Zug angekommen, fünf Minuten später und ich wäre von Sinnen.

Maurice. Beruhige Dich, mein Vater.

Duplan. Wirst Du endlich zu Stande kommen, ich denke Dein Zögern...

Maurice. Ja wohl, mein Vater.

Alle. Oh!

Maurice (leise zu Bertha). Was ich auch sage, wundern Sie sich über Nichts, haben Sie Vertrauen zu mir. (Laut.) Sie haben ganz Recht, mein Vater... mein Zögern hat nur zu lange gedauert, und ich bitte diese Damen um Verzeihung... aber meine Entschuldigung liegt in der Grazie und Schönheit dieser beiden Damen.

Edgard (bei Seite). Es ist ihm ergangen wie mir, ich bin noch immer nicht einig.

Maurice. Und dennoch muß ich mich entscheiden. (Er betrachtet einen Augenblick Bertha und Lucie und naht sich Frau Pérugin.) Frau Pérugin, wollen Sie mir die Ehre erweisen, mir die Hand Ihres Fräulein Tochter zu bewilligen?

Herr und Frau Carbonel (gedehnt). Wie! Lucie!

Bertha (leise zu ihrer Mutter). Vertraue ihm nur!

Duplan (bei Seite). Na, nun ist die Sache doch abgemacht. (Er geht in den Hintergrund.)

Lucie (weinend zu ihrer Mutter). Ach, nun habe ich keine Wahl!

Maurice. Wie beliebt?

Frau Pérugin (lebhaft). Nichts, sie ist bewegt!

Pérugin (zu Maurice). Mein Herr!

Maurice. Mein Herr, bevor Sie sich definitiv binden, muß ich Sie mit einer Sache bekannt machen.

Pérugin. Sprechen Sie, lieber Schwiegersohn.

Maurice. Ich habe einen Freund, einen Freund, der mir das Leben gerettet, in Italien.

Bertha. Herr Jules.

Maurice. Da habe ich mir geschworen, daß, wenn ich jemals reich würde, diesen Dienst nie zu vergessen...

Alle. Sehr richtig gedacht.

Maurice (zieht ein Papier aus der Tasche). Nun mache ich aber eine Schenkung unter uns Lebenden, durch welche ich erkläre, ihm von jetzt ab eine Summe von 500,000 Francs zu geben.

Alle. Was?

Pérugin. Wieviel sagen Sie?

Maurice. 500,000 Francs. Wir haben brüderlich getheilt.

Frau Pérugin. Das ist ja unerhört.

Duplan. Das ist zu viel.

Edgard. Das ist ja kolossal.

Maurice (zu Frau Pérugin, sehr graziös). Jetzt bin ich nur die Hälfte einer Million, gnädige Frau.

Frau Carbonel (bei Seite). Das geschieht ihr ganz recht.

Maurice. Aber Sie selber sagten mir ja, daß es weniger meines Reichthums wegen wäre.

Frau Pérugin (kalt). Gewiß.

Pérugin. Ohne Zweifel, ohne Zweifel. (Bei Seite.) Ist der dumm!

Lucie (zu ihren Eltern). Es ist komisch, jetzt ist Herr Jules mit einem Mal der Reichste.

Pérugin (leise zu seiner Frau). Sie hat Recht. 500,000 Francs von Maurice.

Frau Pérugin. Und 200,000 die er hat.

Pérugin. Machen 700,000.

Frau Pérugin. Und 250,000, die wir Lucie geben.

Pérugin. Machen 900,000 Francs.

Frau Pérugin. Also hat er eine Million.

Pérugin. Caroline, wir dürfen auch unser Kind nicht opfern.

Frau Pérugin. Das wollte ich Dir soeben sagen.

Pérugin (zu Maurice, indem er den Arm seiner Tochter nimmt). Mein Herr, ich will offen sein, meine Tochter hat schon lange über ihr Herz verfügt.

Frau Pérugin. Sie gestand es mir soeben ein.

Pérugin. Und im entscheidenden Augenblicke ruft uns eine Stimme zu, unser Kind nicht zu opfern. Lucie wird Ihren edlen Lebensretter heirathen.

Lucie und Bertha. O', welch ein Glück!

Herr und Frau Carbonel. Sie schlagen ihn aus.

Lucie (leise zu Maurice). Tausend Dank, Herr Maurice.

Maurice (leise). Ich zog Ihr Album zu Rathe. (Laut.) Nun, verehrter Herr Carbonel, bin ich frei, und mein Herz ist im Einklang mit meinen Worten, ich bitte Sie um Fräulein Bertha's Hand.

Alle. Wie?

Edgard (bei Seite). Und ich? Wo bleibe ich?

Carbonel Erlauben Sie, mein Lieber, jetzt ist die Sache anders.

Bertha. O, Papa!

Frau Carbonel (leise zu ihrem Mann). Ach, nimm ihn nur an.

Carbonel. Eine Schenkung von 500,000 Francs — das ändert die Sache.

Maurice (leise zu Carbonel). Wir können Sie wohl noch wieder umstoßen.

Carbonel (erstaunt). Wie?

Maurice. Fragen Sie mal Papa, einen alten Notar.

Duplan (leise). Ein Kind kann nicht handeln, wie es will, Artikel 953 und so weiter. (Zu Maurice.) Du bist ein stolzer Wächter.

Carbonel (das Lachen unterdrückend). Ha ha ha!

Frau Carbonel. Was giebt's denn?

Carbonel. Die Schenkung ist umzustoßen, ein Kind darf nicht so unüberlegt handeln.

Frau Carbonel (unterdrückt gleichfalls ein Lachen). Hi hi hi!

Bertha. Was ist nur?

Frau Carbonel (leise zu ihrer Tochter). Die Schenkung ist umzustoßen, weil... (Hält inne.) Nichts.

Carbonel (zu Duplan, auf Pérugin's zeigend). Ich möchte ihr Gesicht sehen, am ersten Tauftage. (Aengstlich.) Aber sagt einmal: (Maurice und Bertha bezeichnend.) Wenn der Himmel dieses Band nun nicht segnet.

Duplan. Seien Sie außer Sorge. Ich stehe gut für meinen Sohn.

(Der Vorhang fällt.)